Jahre hinter Glas
© 2008 by Marcel Sommerick
Alle Rechte vorbehalten
Herstellung und Verlag:
Books on Demand GmbH, Norderstedt
ISBN-13: 9783837079654
www.zitronendieb.de

Marcel Sommerick

Jahre hinter Glas

Erstes Kapitel

Es war an einem Spätsommertag im September, als ich meinen ersten Anfall bekam. Ich hatte das Abitur in der Tasche und kam zurück von einer zweimonatigen Fahrradtour durch Frankreich, den Kopf noch voller Reiseerlebnisse. Wie schön war es, durch blühende Felder voller Sonnenblumen und Lavendel zu radeln, an der Côte d'Azur über den Strand zu strolchen und die Burgen und Schlösser der Loire zu besichtigen. In der Jugendherberge von Cassis hatte ich ein Mädchen namens Sabine kennengelernt, das mir in einer Nacht am Kaminfeuer mit ihrem Gitarrenspiel ganz ordentlich den Kopf verdrehte. Ich hatte ihre Telefonnummer abgestaubt und dachte nur noch an sie auf dem ganzen langen Weg zurück nach Deutschland. Vielleicht waren es auch nur die Hitze des Südens und der Blick auf das glitzernde Meer, was ich auf diese Freundschaft projizierte und was in mir eine quälende Sehnsucht nach Liebe und einem kleinen bisschen Glück wachrief. Meine Eltern hatten zusammen mit meiner Schwester Iris den Sommer in einem Ferienhaus in Südschweden verbracht. Es hätte viel zu erzählen gegeben, aber ich war verstockt wie nie zuvor. Insgeheim verachtete ich meine Eltern für ihren komfortablen Urlaub mit Auto, Kost und Logis und wünschte mich wieder nach Frankreich zurück.

Eines Abends – ich mochte seit einer Woche wieder zurück in unserer Wohnung in Köln sein – schlich ich heimlich zum Telefon. Meine Eltern schliefen schon und wähnten auch mich längst in der Falle, als ich Sabines

Nummer wählte. Sie war gleich am Apparat. „Hallo Philippe, was ist denn los?"

„Ich habe dir diesen Brief geschrieben – du darfst ihn nicht lesen."

„Was für ein Brief?"

„Er kommt morgen mit der Post. Versprich mir, dass du ihn nicht liest!"

„Bitte, wenn dir soviel daran liegt. Was ist denn los mit dir?"

„Ich habe diese Depression – all dieser Beton hier und die Häuser, die Straßen, ich halte das nicht länger aus."

„Ist es das erste Mal, dass zu so etwas hast?"

„Ja, es ist das erste Mal, das erste Mal, dass es so schlimm ist."

Ich keuchte. „Ich habe viel zu viele Bücher gelesen, und ich habe viel zu viele Geschichtsbücher gelesen, und diese Stadt hier macht mich ganz krank."

Sie fing zu weinen an. „Wie kann ich dir denn helfen?"

„Gib mir den Brief zurück. Und komm mich besuchen."

„Das war ja abgemacht. Ich bin nächste Woche in Köln, dann können wir uns sehen."

„Unbedingt. Bitte nimm dir all das nicht zu Herzen."

„Nein, mach ich nicht. Gute Besserung."

„Danke, tschüss."

Ich ging auf mein Zimmer zurück und fand in dieser Nacht tatsächlich etwas Schlaf. Am nächsten Tag schienen mir die Ereignisse wie von Nebel umhüllt. Ich zog meine Eltern ins Vertrauen. „Wisst ihr, ich habe in Südfrankreich dieses Mädchen kennengelernt, ich habe ihr gestern die Ohren vollgejammert. Ich glaube, ich habe eine Depression."

Mein Vater grinste. „Du bist verliebt! Mach dir keine Gedanken, die Eltern werden Sabine sagen, da hast du dir aber einen schrägen Vogel angelacht."

„Ich schäme mich so, wie soll ich mich bloß entschuldigen?"

„Zerbrich dir nicht den Kopf darüber. Denk mal an etwas anderes als an dieses Mädchen. Sieh mal, du bist noch jung und die Welt ist bunt."

Meine Mutter Hanna intervenierte. „Lass ihn doch, das wird sich schon wieder einrenken."

Ich konnte mich schlecht verstellen, und das machte meinen Vater böse. Eine Freundin, das war etwas ganz Neues in meinem Leben, und ich wusste nicht, wie ich damit umgehen sollte. Mein Kopf wurde heiß, und ich wickelte mir ein feuchtes Handtuch darum. Mir war, als ob ein Wirbelsturm durch meinen Kopf tobte. Ich hörte den ganzen Tag nur den Beatles-Song „Help" und eine Scheibe von André Heller, befestigte über meiner Tür ein Spruchband: „Es werde Zirkus". Meine Mutter versuchte mir zu helfen. „Fahr doch mal zu Uli und repariere ihr Fahrrad, vielleicht kommst du dann auf andere Gedanken."

Ulrike kannte ich seit meiner Kinderzeit. Sie wohnte in Rodenkirchen, war stark ökologisch orientiert und hatte auf dem zweiten Bildungsweg ein Studium als Grundschullehrerin abgeschlossen. Ich rief sie an und verabredete mich mit ihr für den darauffolgenden Tag. Den Nachmittag verbrachte ich damit, alle Bücher zu zerfleddern, die ich in die Finger kriegen konnte. Überall, wo von Hunden die Rede war, machte ich mir eine Notiz an den Seitenrand. Ich glaubte, etwas Besonderes zu sein, eine Art Seher wie in Christa Wolfs Roman „Kassandra". Die Depression sei die Kehrseite meiner Berufung, das Hundeleben, das sich wie eine Metapher durch Kunst und

Literatur zog, von Heine bis hin zu Borchert. Ein Lehrer auf meiner alten Schule hatte ein oder zwei Krimis geschrieben, und ich schickte ihm einen Leserbrief mit wirren Zitaten.

Am nächsten Tag saß ich bei Ulrike und trank mit ihr eine Tasse Tee. Ihr Hund Niko fläzte sich auf seiner Hundedecke und ließ sich streicheln. Ich erörterte Uli meine Theorie. „Ich glaube, ich bin einer von diesen verrückten Typen, die alles mit doppelter Schärfe sehen, und jetzt hat mich die Depression gepackt – ich habe starke Visionen. Alles geht in dieser modernen Zivilisation kaputt, der Wald, das Klima, es werden immer schrecklichere Vernichtungswaffen erfunden, man muss etwas dagegen tun, es ist meine Berufung."

Uli ließ sich nichts anmerken von ihrer Befremdung. „Ich finde es gut, dass du mit deinen neunzehn Jahren schon so weit bist. Aber siehst du, man muss im Kleinen anfangen, ich habe auch nur meinen Garten vor dem Haus und verschicke Protestbriefkarten, wenn mich etwas stört."

Ich halluzinierte. „Jetzt wird wieder alles so hart, ich halte das nicht aus. Bitte hilf mir."

Sie drückte mir die Hand und sagte, „ich fahr dich besser mit dem Auto nach Hause zurück, lass dein Fahrrad doch ein paar Tage lang hier stehen. Ich freu mich für dich wegen deiner Bekanntschaft aus Südfrankreich, vielleicht wird ja doch noch etwas daraus."

Stark angeschlagen setzte ich mich zu ihr in den 2CV, der Hund kam mit und fing an zu bellen, offensichtlich gefiel ihm das nicht. Ich stieg am Hohenzollernring aus und machte mich auf den Weg zurück in die Elternwohnung. Ich phantasierte. „Ich bin ein Seher, es liegt Unheil in der Luft. Wir müssen jetzt alle ganz stark zusammenhalten."

Wir versammelten uns in der Küche, und ich zog ein Gesellschaftsspiel aus dem Schrank. „Lasst uns eine Partie Poch spielen."

Meine Eltern begannen zu rätseln, was wohl geschehen sei. „Ulrike hat ihm etwas in den Tee gekippt", mutmaßte meine Mutter und versuchte sie telefonisch zu erreichen, aber sie war nicht zu Hause.

„Hattest du nicht in Südfrankreich einen Sonnenstich", fragte mein Vater. Er zog das Konversationslexikon aus dem Regal und begann zu blättern.

„Lass das doch", meinte Hanna. Meine Schwester sagte nichts zu allem und zog sich auf ihr Zimmer zurück. Ulrike ging weiterhin nicht ans Telefon. Es war schon dunkel, und meine Eltern legten sich schlafen. Mein Vater drückte mir einen feuchten Kuss auf die Wange. „Wir lieben dich alle, vergiss das nicht, Philippe."

Ich fand keinen Schlaf. Ich hielt mich für Jesus und wollte die Welt retten. Vielleicht könnte ich den Kölner Dom hinaufklettern, um auf mein Schicksal aufmerksam zu machen? Oder könnte ich mich nicht mit einem Protestplakat auf der Domplatte anketten? Ich grübelte die ganze Nacht und redete leise vor mich hin. Als ich am nächsten Morgen immer noch nicht bei klarem Verstand war, entschlossen meine Eltern sich, mit mir zum Arzt zu gehen."

Wir fuhren mit der Straßenbahn nach Rodenkirchen zu einer Homöopathin, meine Eltern wussten nicht genau, an wen man sich wenden könnte. In der Bahn halluzinierte ich weiter. Alle Passagiere schienen mich hasserfüllt anzustarren, ich fühlte mich nicht wohl in meiner Haut. Als wir in der Praxis angekommen waren, steigerte ich mich in meine Ängste hinein. Die Ärztin führte mich in ein

Behandlungszimmer, ich begann zu schluchzen. „Ich bin so kaputt, bitte helfen Sie mir aus diesem Tief heraus."

Die Arzthelferin gab mir eine Spritze und legte eine Schallplatte mit klassischer Musik auf. Langsam beruhigte ich mich wieder. Die Ärztin kam herein und untersuchte mich körperlich. Wieder sah ich ihr hassverzerrtes Gesicht, aber Sie beschwichtigte mich. „Sie wissen doch, dass es in Wahrheit nicht so ist, dass ich Sie nur anlächle."

„Ja, ich weiss es."

„Ich überweise Sie jetzt zu einer Kollegin. Und falls Sie möchten, tun Sie sich mit einer der Arzthelferinnen zusammen. Die Ihnen besser gefällt."

Die Arzthelferinnen – die inzwischen ebenfalls ein paar Tränen vergossen hatten, bestellten ein Taxi. Aber meine Mutter, der das ganze Theater schrecklich peinlich war, winkte mich nach draußen, und wir stahlen uns davon. Ich fragte meine Mutter, was nun eigentlich anlag, und sie sagte: „Es war der Sonnenstich."

Ich stellte keine weiteren Fragen. Zu Hause hatte ich Post bekommen. Der Lehrer meiner ehemaligen Schule, dem ich geschrieben hatte, hatte auf meinen Brief geantwortet. Er verstehe nicht richtig, was ich mit den wirren Zitaten meinte, aber eines seiner Bücher werde gerade verfilmt, und wenn ich wollte, sei ich herzlich eingeladen, die Erstausstrahlung bei ihm zu Hause mit anzusehen. Seine Tochter hatte anscheinend ein Wort für mich eingelegt. Aber ich verstand von all dem nur noch die Hälfte, und ich schämte mich fürchterlich für die wirren Briefe. Ich wollte alles wieder rückgängig machen, aber ich wusste nicht wie, und ich schrieb einen weiteren Brief, ich sei nicht ganz bei mir gewesen, bäte vielmals um Entschuldigung. Den Krimi sähe ich mir lieber bei einem Bekannten an – leider hätten wir keinen Fernseher. Zu allem Überfluss lief ich dem Lehrer wenige Tage später noch einmal über den Weg, und er fühlte sich offensichtlich bedroht, rief seine Tochter zurück, die am Schultor meines alten Gymnasiums stand.

Die Homöopathin hatte mich in eine psychiatrische Praxis überwiesen. Leider kam ich mit der zweiten Ärztin auch nicht so recht klar. Sie wollte mir mit einer Lupe in die Augen schauen, aber ich scheute davor zurück. Ein EEG wurde angefertigt, eine Blutprobe entnommen. Körperlich war ich gesund. Aber was war es dann? Erst als ich die Krankmeldung in die Finger bekam, löste sich das Rätsel auf: „Schizophrene Psychose". Zumindest meine Eltern wussten nun, was mir fehlte, denn ich selbst war inzwischen so durchgeknallt, dass ich keinen klaren Gedanken mehr fassen konnte. Ich bekam Psychopharmaka und Schlaftabletten verabreicht. Im Wartezimmer der Ärztin redete ich laut vor mich hin. „Manchmal vergeht die Zeit ganz langsam, und dann geht sie wieder ganz schnell. Ich weiss nicht, wie lange ich jetzt noch warten kann."

Normalerweise wäre eine stationäre Behandlung längst überfällig gewesen, aber bei uns zu Hause wusste niemand, wie man mit Schizophrenie umgehen konnte, und die Psychiaterin war wohl der Ansicht, dass eine ambulante Behandlung ausreichend sei. Als Matthäi am Letzten war, rief endlich Sabine an. Am folgenden Tag sei sie bei ihrer Schwester in Köln, vielleicht hätte sie eine Stunde Zeit für mich. Meine Lebensgeister erwachten ein wenig, aber statt mir einmal ordentlich die Rübe zu waschen, verschwitzte ich dieses Rendezvous völlig. Ich zeigte ihr ein paar Fotos aus Südfrankreich, die ihr ganz gut gefielen, wiewohl sie reichlich verwackelt waren. Ich erzählte von dem Bahnwärterhäuschen in Lacanau, wo mir die Fledermäuse um die Ohren geflattert waren, und sprach von dem Soldatenfriedhof in den Vogesen. Sie verspürte wohl etwas Mitleid und hielt mich für übersensibel, aber sie verstand es nicht ganz, weshalb ich mich so in mein Elend hineinsteigerte. „Komm doch mit zu meiner Schwester, wir feiern heute Abend eine Party!"

„Aber ich kann jetzt nicht."

„Versuch es doch."

„Ich schaffe es nicht. Irgendwann knall ich mir noch mal eine Kugel in den Kopf!"

Ihre Pupillen schrumpften zusammen. „Das darfst du nicht."

„Ich muss es aber tun, ich halte das nicht aus. Bitte spiel mir noch einmal ein Lied vor."

Ich deutete auf die Gitarre, aber sie schreckte zurück, war völlig verstört. „Ich kann jetzt nicht singen."

„Dann eben nicht. Kann ich dich noch einmal anrufen?"

„Meinetwegen, du weißt ja, wo ich bin. Ich glaube, du brauchst einfach ein paar Kontakte. Bald willst du doch deinen Zivildienst anfangen, oder nicht?"

„Ja, in zwei Wochen."

„Dann mach das, vielleicht hilft es dir."

„Ist in Ordnung."

Sie schüttelte mir die Hand. „Auf bald."

Dann verschwand sie aus der Elternwohnung, und ich blickte ihr mit gespaltenen Gefühlen nach. Ich hatte sie ganz anders in Erinnerung, hübscher, freundlicher, vielleicht hatte ich mir die ganze Zeit etwas vorgemacht. Möglicherweise war es nur die Hitze des Südens, der Blick auf das azurblaue Meer, der mein Herz zum Überkochen gebracht hatte. Trotzdem war sie in diesem Moment die einzige Person, der ich halbwegs vertraute, obwohl wir uns kaum kannten. Von meinen Eltern und meiner Schwester fühlte ich mich missverstanden, die Ärzte hatten sich auch gegen mich verschworen, ich litt Höllenqualen. Als ich wieder nicht schlafen konnte, schlich ich ins Wohnzimmer und rief mitten in der Nacht bei Sabines Schwester an. Die Party war in vollem Gange.

„Sabine, da ist so ein Typ für dich am Telefon."

Sie kam an den Apparat. „Hallo?"

„Hallo, hier ist Philippe. Du musst jetzt herkommen."

Meine Worte gingen unter in dem ohrenbetäubenden Lärm. „Was? Moment – könnt ihr nicht mal die Musik abstellen?"

Es wurde still im Hintergrund. „Also, Philippe..."

„Ja?"

„Bitte versteh mich nicht falsch. Aber ich kann jetzt nicht kommen. Ich bin doch kein Hund, nach dem man pfeifen kann, wenn es einem mal schlecht geht."

„So ist es aber nicht. Ich springe gleich aus dem Fenster."

„Mach das nicht!"

„Du hast doch gesagt, du bist auf einer christlichen Schule. Ich bin ein Seher, glaubst du mir?"

„Philippe, das geht jetzt nicht. Wir wollen hier feiern."

„Ich hab mir gleich gesagt, Sabine ist so ein nettes Mädchen, du darfst sie nicht verärgern. Aber ich brauche dich."

„Wir kennen uns doch gar nicht richtig."

„Aber ich vertraue dir."

„Willst du nicht doch noch auf die Fete kommen?"

„Nein. Tschüss."

Am nächsten Tag versuchte meine Mutter, die Wogen zu glätten. „Du kannst das arme Mädchen doch nicht mitten in der Nacht anrufen! Warte erst mal ein paar Tage, bis sie sich etwas beruhigt hat, und wenn du ihr noch mal einen Brief schreibst, schick ihn nicht gleich ab, sondern lies ihn dir erst noch einmal durch."

Ich vermutete, dass Sabine in Ohnmacht gefallen war und meine Mutter heimlich Kontakt zu ihr hatte. Wir saßen in der Küche beim Kuchenessen, und aus Versehen berührte ich die heiße Herdplatte. Ich spürte keinen Schmerz. Ich erklärte meinem Vater, ich hätte Halluzinationen. „Ich schwöre, ich habe keine Drogen genommen."

„Du brauchst eben keine Drogen, um so draufzukommen."

Eine Wespe flog von außen gegen die Fensterscheibe. Ich klopfte gegen das Fenster. „Wollen wir das Insekt nicht hereinlassen, draußen ist es so kalt?"

Mein Vater versuchte auf mich einzugehen. „Vielleicht kann man die Scheibe etwas anwärmen."

Die Temperaturen waren merklich gesunken, es wurde Herbst. Die Medikamente halfen nicht spürbar. Ich ging kaum noch aus der Wohnung, stand manchmal am Fenster und winkte den Leuten auf der Straße zu. Einmal unternahm ich eine Radtour, aber das brachte mich auch nicht weiter. Ich schlief wenig, lag nur manchmal im Bett und wimmerte vor mich hin. Die abstrusesten Gedankenverbindungen kamen mir in den Kopf. Ich glaubte, die Welt werde von den Walen regiert, ich sei gerade an der Schwelle zu einer Bewusstseinserweiterung, könnte in die Zukunft sehen. Endlich hatte meine Mutter die rettende Idee. Sie rief im Gemeinschaftskrankenhaus Herdecke an und vereinbarte einen Termin. Wir fuhren gemeinsam dorthin. Der Arzt auf der Station Jugendpsychiatrie unterhielt sich mit mir. Ich erklärte, in meinem Leben gäbe es eine Wand, so wie in dem Film „The Wall" von Pink Floyd. „Kennen Sie den Film?"

Der Arzt bejahte. „Aber vielleicht sagen Sie es noch einmal in Ihren eigenen Worten."

„Ich leide unter Isolation, spüre nichts mehr, höre nichts mehr. Ich denke immer, unsere moderne Zivilisation steht vor dem Untergang, und ich habe nichts dagegen getan. Meine Stimme ist zu schwach."

Der Arzt untersuchte mich. Ich musste mit dem Finger an die Nase fassen und mit den Augen rollen. „Haben Sie manchmal das Gefühl, Ihre Körperglieder würden sich verlängern?"

„Nein, nicht dass ich wüsste."

„Haben Sie Suizidgedanken?"

„Ja. Aber ich würde es nie tun."

Er schaute in meinen Mund. „Sie haben aber gute Zähne."

Das tröstete mich ein wenig. Ich fühlte mich verstanden. Eine Katze strolchte über den Flur. „Die lebt auf unserer Station, obwohl das eigentlich nicht erlaubt ist in einem Krankenhaus. Möchten Sie auf der Station aufgenommen werden?"

„Vielleicht hilft es ja. Meinetwegen."

Er rief meine Mutter in das Behandlungszimmer und erklärte den Stand der Dinge. „Er wird einige Wochen hier bleiben, bis es ihm wieder besser geht. Wir haben noch ein Bett frei auf der Station."

Meiner Mutter fiel ein Stein vom Herzen. „Wann können Sie ihn aufnehmen?"

„Nächste Woche Montag."

„In Ordnung, vielen Dank."

Zu Hause wartete ein letzter Brief von Sabine auf mich. Sie schrieb: „Auch wenn ich ein ‚nettes Mädchen' und auf einer ‚christlichen Schule' bin, wächst mir die Geschichte mit deiner Depression über den Kopf. Ich habe oft selber große Probleme und kann nicht tragen für zwei, dafür fehlt mir die Kraft. Gib nicht auf..."

Im Grunde genommen war ich froh, dass sie mir so offen die Meinung sagte. Ich hatte das Gefühl, mir ein Hirngespinst aufgebaut zu haben und konnte eigentlich nicht mehr viel für Sabine empfinden. Das Wochenende zog sich träge dahin, und ich zählte die Stunden bis zu meiner Aufnahme. Ich ließ mir erklären, wie die Waschmaschine funktionierte, damit ich auf der Station meine eigene Wäsche waschen konnte, packte meine Tasche und war froh, als meine Schwester mich nach Herdecke fahren konnte. Als Erstes machte der Arzt mir klar, dass ich eine zweiwöchige Kontaktsperre zu meinen Angehörigen einhalten müsse. „Das dient nur zu Ihrem Besten."

Das Mittagessen wurde serviert. Ich war sehr schüchtern und konnte mich nur schwer an die neue Umgebung gewöhnen. Die Patienten kamen in den Gemeinschaftsraum, wir fassten uns an den Händen und sprachen ein Tischgebet. Nach dem Essen zeigte mir ein Pfleger das Zweibettzimmer, in dem ich bleiben sollte. Er erkundigte sich nach meiner Diagnose, und in einer Mischung aus Naivität und Scham erklärte ich, wie es mir in den letzten Wochen ergangen sei. Eine Patientin klopfte und erklärte: „Das ist eigentlich ein Frauenzimmer. Es kann sein, dass du hier wieder raus musst, wenn Claudia zurück kommt. Sie hat gerade Wochenendurlaub und ist schon seit zwei Jahren hier."

Ich fügte mich in mein Schicksal und war froh, dass ich zunächst ganz alleine war auf dem Zimmer. So konnte ich mich ein wenig zurückziehen und hatte meine Ruhe.

Spät abends gab es einen Rückblick. Bei einer Tasse Tee setzten wir uns in zwei Gruppen zusammen, und jeder erzählte, wie der Tag gewesen war. Ich hatte mich noch nicht in die Stationsroutine eingefunden und erzählte sicher zehn Minuten lang, wie mir zumute war, bis der Pfleger ein Einsehen hatte und sagte: „Nun geben Sie schon um Gottes willen weiter."

Ich war erleichtert, dass ich das Wort weitergeben konnte und fühlte mich auf der Station wohl. Es war schön, wieder etwas Gemeinschaft zu haben. In der Gruppe wurden Ängste und Zwänge aufgefangen. Es gab eine gemütliche Couchecke im Gemeinschaftsraum, dort lag auch eine Gitarre herum, auf der jeder einmal spielte. Ein Mitpatient blödelte herum: „Heute ist wieder B&B-Tag, Bernd und Boris heißen die Dienst habenden Pfleger. Kennst du schon den Haldol-Song?"

„Nein."

„Das geht ganz einfach."

Er zupfte ein paar Akkorde. „Mitarbeiter schlucken viel, viel Haldol, viel Haldol..."

„Was ist Haldol?"

„Nimmst du das nicht?"

„Nein, ich kriege Taxilan."

„Sei froh. Ich sehe immer so schemenhaft durch das Haldol."

Ich hatte einen Kassettenrekorder mitgenommen von zu Hause und hörte Jean-Michel Jarre. Eine Mitpatientin klopfte und wunderte sich: „Das ist aber eine seltsame Musik, so etwas habe ich noch nie gehört."

Ich lieh ihr die Kassette aus und war betrübt, als mir am nächsten Tag der Pfleger mitteilte, ich dürfe den Kassettenrekorder nicht benutzen. „Es verstößt gegen die Stationsordnung und dient nur zu Ihrer Gesundung."

Ich wollte mich noch etwas aufs Ohr legen, weil die Medikamente so müde machten, aber eine Krankenschwester scheuchte mich nach draußen. „Vormittags müssen Sie in die Gärtnerei."

Wir stiegen in den VW-Bus und fuhren nach Witten, wo es eine ökologische Gärtnerei gab. Dort zupften wir Unkraut und kehrten das Laub zusammen, denn der Herbst hatte längst begonnen. Die Arbeit war monoton, aber es tat gut, an der frischen Luft zu sein. Um kurz vor zwölf fuhren wir wieder zurück, es gab Mittagessen. Das Essen war frisch zubereitet und schmeckte gut. Am Nachmittag stand die Gestalttherapie auf dem Plan, ich versuchte, eine Figur aus Ton zu formen. Der Therapeut verfolgte interessiert meine Bemühungen und erklärte mir, wo ich noch etwas Ton hinzufügen könnte und etwas wegnehmen könnte, um die Figur zu perfektionieren. Ich kam mit der Gestalt nur langsam voran. Außerdem gab es Sprachtherapie. Der Therapeut – ein Diplom-Pädagoge – gab mir die Achilleis von Goethe zu lesen. Ich musste die Verse laut vortragen und dazu im Kreis gehen. Er gab mir Hinweise, wie ich meine Aussprache verbessern könne. Bald konnte ich den Text auswendig. Die Beschäftigung mit der Literatur half mir sehr, auf andere Gedanken zu kommen. Die Therapie in der Gruppe fing meine Ängste und meine krankhaften Einbildungen auf. Schon nach zwei Wochen ging es mir merklich besser. Claudia, die ursprünglich auf meinem Zimmer untergebracht war, wurde entlassen, und ich bekam einen neuen Zimmernachbarn. Er hieß Michael und kam von der Geschlossenen. Er war sehr umgänglich, hatte aber immer Angst, die anderen könnten hinter seinem Rücken böse über ihn reden. Pausenlos musste ich ihm versichern, das es nicht so war. Einmal krempelte er seine Jeans hoch und zeigte mir sein Bein. „Hier am

Unterschenkel habe ich mir die Haut mit dem Feuerzeug auf zwei Zentimeter weggeflämmt."

„Warum hast du das denn gemacht?"

„Das war auf der Geschlossenen. Ich wollte wissen, ob ich noch etwas spüren konnte."

„Und wie lange sollst du noch bleiben?"

„Das kann dauern. Der Arzt meint, ich sei auf dieser Station der schwierigste Fall."

Das Wochenende kam, und wir fuhren mit den Pflegern nach Bochum. Es gab eine Theatervorstellung. Später gingen wir noch einen Kaffee trinken und fuhren am Abend zurück nach Herdecke. Es tat gut, die Nase wieder einmal an die frische Luft zu strecken. Einmal in der Woche stand das Singen im Chor auf dem Programm. Wir übten Volkslieder ein. „Gehe nicht, o Gregor, gehe nicht zum Abendtanz..."

Ein Patient ermunterte mich. „Du hast eine gute Stimme, Philippe. Du solltest dich öfter musikalisch betätigen."

„Findest du?"

„Aber ja."

„Kennst du den?"

Ich schnappte mir die Gitarre und sang ein Lied von Biermann. „Das war in Buckow zur Süßkirschenzeit..."

Das Lied kam gut an. Aber dann wurden wir plötzlich von einer Mitpatientin gestört, die mit einem Kasten Mineralwasser anrückte und damit die Blumen goss. Sie hatte eine Sonde in der Nase und war spindeldürr. Ein Fall von Magersucht. Sie verbreitete Unruhe, und wir verzogen uns auf den Balkon. Mein Mitpatient steckte sich eine Zigarette an.

„Du rauchst?"

„Hab auf der Geschlossenen damit angefangen."

Michael gesellte sich zu uns, und das Gespräch nahm eine Wendung. „Warst du schon einmal verliebt?"

Ich seufzte. „Davon hab ich fürs Erste genug. Und du?"

„Ja, sicher hatte ich schon eine Freundin."

Ein anderer Patient mischte sich ein. „Ich hab schon einmal mit einer Frau geschlafen, aber das war keine Liebe."

Michael grinste. „Träume sind Schäume."

Die Mitpatienten rauchten sich eine, es war merklich kühler geworden. Ich war verblüfft, wie offen die anderen mit ihrer Psychose umgingen. Ich schämte mich nur wegen der ganzen dummen Ideen, die ich den ganzen Tag hatte. Ich war froh, dass ich die Schule hinter mir hatte und einen Platz gefunden hatte, der weit weg von Köln war. An dem darauffolgenden Wochenende bekam ich das erste Mal Besuch. Ulrike hatte sich mit meinem Vater Gerd in Herdecke eingefunden. Wir machten einen Spaziergang im Wald, und mein Vater schoss ein paar Fotos. Ulrike sagte, „wartet, ich zeig euch was." Sie ging zu der ersten besten Buche und umarmte den Baum. „Das hat man uns in einer Umweltgruppe gezeigt."

Mein Vater tat es ihr nach, und ich versuchte es ebenfalls. Ulrike lachte. „Wenn uns jetzt hier jemand so sieht, werden wir auch alle eingewiesen."

Aber es waren sonst keine Spaziergänger unterwegs, und wir machten uns auf den Rückweg zum Krankenhaus. Es gab dort eine Cafeteria, wo man ein Stück Kuchen essen konnte. Ich war traurig, als die beiden wieder fahren mussten. Ich wusste nicht so genau, wie es mit mir weitergehen sollte. Kurz nach der Einweisung hatte das Bundesamt für Zivildienst mich ausgemustert. Die Sozialpädagogin von der Arbeiterwohlfahrt schickte mir eine Postkarte. „Wir haben einen anderen jungen Mann gefunden, der Ihre Stelle übernommen hat. Wenn Sie möchten, kommen Sie doch einmal auf eine Tasse Kaffee vorbei."

Aber ich wagte nicht, mich daheim blicken zu lassen. Studieren wollte ich noch nicht; ich dachte daran, ein Praktikum anzufangen. „Was wollen Sie denn machen", fragte der Arzt.

„Ich möchte mich im Umweltschutz engagieren."

„Sie sollten versuchen, einen Ausgleich zu finden. Warum treten Sie nicht einem Gesangsverein bei, Sie haben doch eine gute Stimme?"

Ich druckste herum. „Ich würde gerne mit der Sprachtherapie weitermachen, das entspricht eher meiner Begabung."

„Ich werde sehen, ob ich Sie vermitteln kann."

Es wurde Dezember, und in der Gärtnerei gab es zunehmend weniger zu tun. Wir hatten das Herbstlaub zusammengefegt, eine monotone Arbeit, die jedoch der Seele ganz gut tat. Mir ging es merklich besser, und der Arzt lenkte ein. „Weihnachten können Sie wieder zu Hause verbringen."

Nur Michael war betrübt. „Dann sehen wir uns ja gar nicht mehr. Und außerdem wollten wir doch ein mehrstimmiges Weihnachtslied einüben."

„Tut mir leid, die Entlassung geht vor."

„Eine Magersüchtige mischte sich ein. „Schreib mir doch mal eine Karte. Und dann musst du einen Kuchen backen für die Station."

„Kein Problem."

Das Medikament half sehr gut, und mein Arzt ordnete an, dass ich es noch ein halbes Jahr so weiter nehmen sollte. „Ich kann Sie leider nicht mehr lange behandeln, da ich bald von hier wegziehe. Aber Sie werden schon Ihren Weg machen, da bin ich mir sicher."

Ich war müde von dem Taxilan und machte öfters ein Nickerchen, wenn der Therapieplan es erlaubte. Sonst hatte ich keine weiteren Nebenwirkungen. In meiner Erinnerung scheinen die Wochen in Herdecke seltsam verzerrt, aber trotz der Schizophrenie fühlte ich mich dort so wohl wie anderswo selten. Meine Schwester kam kurz vor Weihnachten im VW Polo vorbei und fuhr mich zurück in unsere Wohnung in der Friesenstraße. Ich blödelte herum. „Warte, ich muss meine Medikamente nehmen, ich hab einen psychedelischen Schub."

„Einen was?"

„Na, so etwas wie bei John Lennon, als er auf Entzug war."

„Aber du nimmst doch gar keine Drogen."

„War ja nur ein Scherz, du hast recht."

Das Weihnachtsfest ging vorbei, und ich war froh darüber, denn ich hatte mich auf Familienfeiern noch nie wohl gefühlt. Eine Bekannte bot mir an, ich könne ihr ein bisschen bei dem Handel mit Edelsteinen helfen, bezahlen könnte sie mir nicht viel, aber so hätte ich wenigstens eine Beschäftigung. Die Raunächte waren düster und kalt, doch die Gemeinschaft in der Klinik hatte mein krankes Herz gesund gemacht, und ich wagte mich an einen neuen Lebensabschnitt heran.

Zweites Kapitel

Wenn ich es genau nehme, bin ich ein Kind der 68er Generation. Andere sind froh, wenn sie einen Vater haben: Ich hatte zwei. Meine Mutter wagte das Experiment, mit zwei Männer zusammenzuleben. Zum einen war da die eheliche Beziehung mit Gerd, der mein standesamtlicher Vater war, zum anderen hatte sie einen Freund, der Jascho hieß. Ich persönlich halte Jascho für meinen biologischen Vater, aber vielleicht werde ich nie Licht in diese dunkle Geschichte bringen. Denn Jascho nahm Drogen, starb an einer Überdosis Äther. Damals war ich zehn Jahre alt und verstand nicht viel von dem Lauf der Dinge. Ich wusste nur, dass ich Jascho lieber mochte als Gerd, und ich hätte es gerne gesehen, wenn meine Mutter sich hätte scheiden lassen und mit Jascho zusammengezogen wäre. Er hatte für mich immer ein offenes Ohr und bastelte gerne mit mir. Oft machten wir zusammen Camping, und er zeigte mir viele wissenswerte Sachen. Jascho war ein ausgesprochener Frauentyp und hatte viele Affären, aber wiewohl er äußerlich sehr robust wirkte, war er psychisch labil, konsumierte weiche Drogen und Alkohol und kam beruflich nicht auf den grünen Zweig. Er war gelernter Möbelrestaurator und hatte ein Studium der Metallbildhauerei an der Fachhochschule Köln abgeschlossen. Er war handwerklich außerordentlich geschickt, aber zum Künstler fehlte ihm das Zeug, und finanziell war er immer knapp bei Kasse. Als die Ehe zwischen meiner Mutter Hanna und Gerd auf der Kippe stand, machte Jascho Suizid. Meine Mutter meinte, er hätte es darauf ankommen lassen. Die Betäubungsmittel hatte er in der Uni-Klinik Köln gestohlen. Jascho seinerseits hatte eine weitere Freundin, sie hieß Heike.

Diese alte Geschichte gärte nun schon zehn Jahre vor sich hin, und es war wohl auch der Grund, warum Heike sich ein wenig um mich kümmerte, als meine erste Psychose vorbei war und ich einen neuen Start machen wollte. Sie war mittlerweile mit einem Goldschmied verheiratet, und nachdem sie ihre Referendarsprüfung in den Sand gesetzt hatte, versuchte sie sich im Handel mit Edelsteinen und las nebenher Korrektur von Bastei-Romanheftchen. Sie hatte zwei Kinder, Zwillinge, die zu diesem Zeitpunkt gerade eingeschult wurden. Manchmal passte ich abends auf die beiden Jungs auf, wenn Heike mit ihrem Mann etwas anderes vorhatte. Ich kramte in der Plattensammlung herum und hörte Steppenwolf, schnappte mir dazu eine Flasche Bier aus dem Kühlschrank und lernte für die Fahrschule. Obwohl ich zwei Jahre zuvor noch Stein und Bein geschworen hatte, niemals den Führerschein zu machen, hatte ich es mir dann doch anders überlegt. Ich interessierte mich für Fernreisen, und nach dem Urlaub in Frankreich war mir klar, dass man mit dem Fahrrad alleine nicht weit kam.

Heike hatte mir angeboten, nach dem Krankenhausaufenthalt ihr ein wenig im Büro zu helfen, und ich hatte sofort eingewilligt. Sie zahlte mir ein Taschengeld, und dafür tippte ich ihr zwei bis drei Stunden pro Tag Adresskärtchen, erledigte die Korrespondenz und suchte an der Hauptpost die Telefonnummern von sämtlichen Edelsteinhandlungen in Nordrhein-Westfalen aus den Gelben Seiten. Ihr Mann hatte den Meisterbrief und beschäftigte noch zwei Azubis. Kurz, es gab immer etwas zu tun. Ich war darüber froh, denn ich wusste nicht, wie es beruflich weitergehen sollte. Ich hatte mich für einen Studienplatz am Meteorologischen Institut der Uni Köln beworben, aber obwohl ich schon eingeschrieben war, machte der zuständige Assistent mir klar, dass ich erst zum Wintersemester ein Studium beginnen könnte. Mir war die Geschichte mit der Psychose furchtbar peinlich, und ich erzählte niemandem davon. Einmal traf ich abends ein paar Leute aus meiner Klasse, und sie fingen an zu bohren, aber ich gab keine Auskunft. Dann schleppten sie mich noch ins Schulz, das Schwulen- und Lesbenzentrum, wo ich prompt angequatscht wurde von einem Homosexuellen. Ich war bedient. Schule, das wollte ich nie wieder erleben.

Ich blieb drei Wochen in Heikes Büro, dann besorgte mein Vater mir einen Job in seiner Firma. Es war eine große Versandbuchhandlung für Orientalistik. Zunächst war ich in der Packerei tätig. Gerd lernte mich an und zeigte mir, wie ich die Bücher packen und frankieren musste. Einmal am Tag kam ein Kurierfahrer, und wir brachten zusammen die Pakete zur Post. Einige Wochen später wurde ich dann ins Büro versetzt, wo ich den ganzen Tag lang am Computer saß. Gemeinsam mit einer Sekretärin tippte ich das monatliche Programm der Buchhandlung in den Computer. Der Chef war zufrieden mit mir, aber mir war klar, dass ich diesen Job nicht ewig weitermachen konnte, da ich zum Herbst anfangen wollte zu studieren. Ich besuchte ein letztes Mal den Arzt in Herdecke. Er meinte, ich bräuchte die Medikamente nicht weiter zu nehmen. Eine Fehleinschätzung, wie sich später herausstellen sollte. Zu diesem Zeitpunkt aber war ich froh, dass ich wieder ohne die Pillen zurechtkam und in Ruhe den Führerschein machen konnte. Ich buchte bei einem Reiseveranstalter eine Gruppenreise nach Norwegen, da ich nicht noch einmal das Risiko eingehen wollte, im Urlaub ganz auf mich allein gestellt zu sein.

Zu Hause hing ich den ganzen Tag an meinem Rechner herum und schrieb einige Programm in Assembler, von denen ich zwei bei einer Computerzeitschrift veröffentlichen konnte. Zum Ausgleich ging ich einmal in der Woche zu der Sprachtherapie in Alfter. Die Therapeutin arbeitete mit mir an der Aussprache; ich musste Verse rezitieren und dabei auf und ab gehen. Dann kam der Sommer, und wir legten die Sprachtherapie auf Eis. Ich fuhr nach Hamburg, wo die Reise mit dem Bus nach Norwegen starten sollte. Ich war spät dran und sah von weitem schon eine ganze Schar von Rucksacktouristen vor dem Bus stehen. Die Reiseleiterin, ein hübscher Rotschopf im Regenmantel, winkte mir von weitem. „Hallo, da ist noch einer aus unserer Gruppe."

Ich fand sie auf Anhieb ausgesprochen sympathisch. Auch die anderen Teilnehmer waren sehr freundlich, aber ich wusste nicht recht, wie ich es anfangen sollte, eine Partie zu landen. Am ersten Abend saßen wir zusammen am Lagerfeuer, und jeder erzählte etwas von sich. Ich berichtete, im Vorjahr allein in Urlaub gefahren zu sein. „Ich fühlte mich sehr allein und dachte, in der Gruppe mit anderen sei der Urlaub vielleicht interessanter."

„Was ist dir denn passiert", wollte die Reiseleiterin wissen.

„Ich weiß auch nicht. Die Luft war halt raus."

„Und deshalb hast du bei uns gebucht?"

„Ja, genau."

Ein bisschen war ich schon zu diesem Zeitpunkt in sie verliebt. Sie mochte acht Jahre älter als ich sein. Ihr Name war Sophie. Ich fragte sie, ob sie schon einmal studiert hätte.

„Ja, Ökotrophologie."

Darunter konnte ich mir nichts vorstellen, verwechselte es mit Ökologie und war gleich Feuer und Flamme. „Toll, das würde ich auch gerne machen."

Sie wunderte sich über meinen Enthusiasmus, sagte aber nichts dazu. Sie erzählte, sie hätte vor wenigen Jahren noch in einer WG in Hamburg gewohnt, wo sie mit ihrem damaligen Freund einen Campingladen unterhielt. Später hätten sie dann den ersten Bus gekauft, und mit Ach und Krach hatte sie den Führerschein geschafft, um im Alter von 25 Jahren die erste Rundreise durch Ägypten anzubieten. Ich holte mir an einer Tankstelle eine Illustrierte, die über den Sahara-Tourismus berichtete. Sie las den Artikel und lachte sich halb tot. „Ja, da fahren wir auch hin, nach Südalgerien. Komm doch nächstes Jahr mit!"

Ich drückste herum. „Ich bin doch ein Anfänger, was Wüstenreisen angeht. Ich weiß nicht, ob ich mir so eine lange Tour zutraue."

„Davor brauchst du keine Angst zu haben. Bis jetzt sind wir immer durchgekommen."

Sie erzählte von Tamanrasset und dass sie vier Wochen lang unterwegs gewesen seien, ohne ein einziges Mal duschen zu können. „Wir stanken wie die Füchse, aber trotzdem fühlten wir uns wohl."

„Wird in Nordafrika nicht viel gekifft?"

„Nein, das muss man ja nicht machen. Nur einmal in Thailand, da hat es mich erwischt."

„Was denn?"

„Na ja, ich habe drei Space Cakes zu mir genommen und hing anschließend drei Tage lang auf dem Hotelzimmer herum."

„Hast du halluziniert?"

„Ja, alles wurde plötzlich ganz grün."

„Warum hast du das denn gemacht?"

„Nun, da gab es nichts anderes zu essen, und ich hatte Hunger." Sie seufzte. „Erzähl das jetzt bloß nicht dem Reiseveranstalter."

„Nein, natürlich nicht. Was ist dir denn sonst so passiert?"

„Einmal hatten wir unseren R4 im Niemandsland zwischen Syrien und Jordanien an einen Einheimischen verkauft. Wir bekamen das Geld auf die Hand und saßen im Taxi auf drei Kisten Jack Daniels, eine unglaubliche Zitterpartie, bis wir endlich heil in Jordanien ankamen."

„Und wie ist es im Jemen?"

„Auch so eine Geschichte. Ich bin die einzige Frau, die als Reiseleiterin in den Jemen darf. Sie wollten mich erst nicht akzeptieren, aber ich drohte damit, die ganze Reise abzublasen, da haben sie eingelenkt."

„Wo du überall schon warst. Ich glaube, ich gehe es langsam an."

„Wie es dir beliebt. Bei uns bist du auf jedenfall immer willkommen."

Wir fuhren mit dem Bus weiter nach Bergen und Jotunheimen, verbrachten dann eine Nacht in der Hardangervidda. Es war sehr kalt dort, und als wir am anderen Tag noch eine Wanderung durch Schnee und Regen unternahmen, waren wir alle durchgeschwitzt und durchnässt, so dass alle froh waren, als Sophie ein Hotel mit Sauna ausfindig machte. Ich hatte die Gelegenheit, sie mir aus der Nähe anzusehen, schämte mich aber ein wenig und dachte nicht im Traum daran, ihr eine Avance zu machen. Bald traten wir schon wieder den Rückweg nach Oslo an, wo wir das Munch Museum und den Holmenkollen besichtigten. Ich war froh, dass die Psychose mir nicht schon wieder einen Strich durch die Rechnung machte. Ich fühlte mich in der Gruppe wohl, träumte aber gleichzeitig davon, wie es wohl wäre, mit eigenem Fahrzeug und aus eigener Kraft dieses schöne Land zu bereisen. Am letzten Abend gab es ein überreichliches Büfett, und wir verbrachten mit Gesellschaftsspielen und Erzählungen eine letzte Nacht am Lagerfeuer.

Ich kam zurück nach Köln und redete den ganzen Tag nur von Sophie. Meine Mutter schüttelte den Kopf und sagte zu meinem Vater: „Die hat ihm ja ganz schön den Kopf verdreht."

Aber dann standen andere Dinge auf dem Programm. Kaum dass ich mich wieder an die Heimat gewohnt hatte, fing der Mathematische Vorkurs für Physiker an. Auf der Schule hatte ich nur einen Grundkurs in Mathematik belegt, so dass einiges auf mich zukam. Ich wusste nur ungenügend Bescheid, wie man mathematische Beweise führt. In der Physik kannte ich mich besser aus. Aber ich versuchte mein Bestes, und so belegte ich drei Vorlesungen, Analysis I, Lineare Algebra I und Klassische Mechanik. In der Allgemeinen Meteorologie passte ich besonders gut auf und fertigte ein Skript von dem Unterrichtsstoff des ersten Semesters an, das der Assistent des Professors Korrektur las.

So verging der Winter. Im Frühjahr buchte ich dann eine weitere Reise bei Sophie. Mit Ach und Krach schaffte ich drei Scheine und konnte guten Gewissens in Urlaub fahren. Der Flug ging nach Malaga, wo der Bus auf uns wartete. Die Tour sollte durch drei nordafrikanische Staaten führen, von Marokko über Algerien nach Tunis. Ich war haushoch verliebt in Sophie, aber ihr Freund Roland war bei dem Trip mit dabei und wurde schnell eifersüchtig. Die fremde Kultur krempelte mein ganzes

Leben um. Die Wüste war fantastisch und einsam, so etwas hatte ich noch nie erlebt. Ich sprach ganz passabel Französisch und kam mit den Einheimischen schnell in Kontakt. Aber dann erwischte mich wieder die Psychose. Ich erzählte Sophie mein halbes Leben, und als wir quer durch Algerien fuhren, kamen alle Erinnerungen wieder hoch. Zwei Tage lang musste ich weinen, bis sich der Ärmel von meinem Hemd schon ganz gelb färbte. Mein Leben schien an mir vorüberzuziehen, und die karge Mondlandschaft brachte auch keine Linderung. In Timmimoun saßen wir im Café, als ein paar Jugendliche mich anquatschten. Ich reagierte nicht, fasste krampfhaft nach meinem Glas Minztee und war völlig blockiert. Die Jungs waren nicht auf den Kopf gefallen: „Il est malade", sagten sie. Sophie besprach sich mit Roland, der vorschlug, mich einfach ins Flugzeug zurück nach Deutschland zu setzen. Aber dann kriegte ich doch noch die Kurve, und im Übrigen waren alle Teilnehmer auf dieser Reise mehr oder weniger krank, es war einfach eine anstrengende Tour. Um mir zu helfen, versprach Sophie mir, dass ich vielleicht eine Reise bei dem Unternehmen umsonst mitfahren könnte, sozusagen als Reisebegleiter. Ich war begeistert. Nach tausenden Kilometern Sand und Dünen kamen wir in Tunesien an und fuhren von Tozeur nach Tunis. Ich erzählte Sophie von Jascho und seinen Abenteuerreisen. Mir war klar, dass ich noch oft nach Nordafrika zurückkommen würde.

In Tunis setzten wir uns ins Flugzeug. Die Heimkehr war schwierig, und als das Studium wieder anfing, war ich völlig verstört. „Der Typ ist total fertig", witzelten meine Kommilitonen. Mir war der ganze Unterrichtsstoff zu trocken und zu theoretisch, und ich beschloss, das Studienfach zu wechseln. Ich konnte mir nicht vorstellen, jeden Tag am Computer herumzuhängen und Wetterprognosen anzufertigen. Ich wollte etwas lernen, das mehr Abwechslung versprach und nicht so dröge wie Mathematik und Physik. Aber was sollte ich machen? Ein Kumpel schüttelte den Kopf: „Erst war es Soziologie, dann wolltest du Ethnologie studieren. Und jetzt sind es auf einmal Sprachen. Wann legst du dich endlich auf etwas fest?"

Bei den Sprachen blieb ich dann hängen. Ich wollte besser französisch und englisch sprechen lernen und bewarb mich für den Eurostudiengang Sprachen an der Fachhochschule Köln. Es gab 250 Bewerber für 20 Studienplätze. Dank meines guten Abiturs und der Vorkenntnisse nahm mich die Prüfungskommission dann tatsächlich. Ich war der einzige Mann unter 20 Frauen, und die Mädchen — meist ehemalige Fremdsprachenkorrespondentinnen — sollten sich bald amüsieren: „Da kommt der Quotenmann."

Aber bevor der Studiengang anfing, waren noch drei Monate Zeit, die ich in der Kreditkartenabteilung von Kaufhof verbrachte. Ich jobbte als Datentypist und gab den ganzen Tag Adressen in den Computer ein. Das Geld investierte ich in einen alten VW-Bus, und gemeinsam mit meiner Schwester und einer Freundin plante ich einen Urlaub in Norwegen. Der Bus war in Ordnung, aber ich hatte gerade mal zwei Monate meinen Lappen und setzte mich nur selten ans Steuer.

An einem Sonntag im Juli 1990 war es dann so weit. Mit meiner Schwester Iris zusammen lud ich das Gepäck und den Proviant in das Auto, auch für mein Fahrrad fanden wir noch einen Platz. Dann fuhren wir nach Hannover, wo Bianka auf uns wartete. Die Autobahn war gähnend leer, und wir kamen gut voran. Vor Biankas Haus in der Dieckmannstraße war ein Parkplatz frei, aber es war gar nicht so einfach, den VW-Bus in die enge Parklücke zu manövrieren. Doch mit vereinten Kräften stellten wir den Bus dort ab. Am nächsten Tag fuhren wir in Richtung Flensburg weiter, wo wir eine Stellgelegenheit auf dem Campingplatz fanden. Es fand gerade die Fußball-Weltmeisterschaft statt, Deutschland war im Endspiel, und alle Camper hingen vor ihren Fernsehgeräten. Zwischendurch brachten sie eine Meldung über Waldbrände in Südfrankreich, wo ich zwei Jahre zuvor meinen Urlaub verbracht hatte, aber ich schenkte der Nachricht keine große Beachtung. Wir nahmen am anderen Tag die Fähre von Frederikshavn nach Oslo, und Bianka – die schon einige Routine am Steuer vorweisen konnte – fuhr die Rampe hoch in den Laderaum der Fähre, wo die Ordner uns einen Platz zuwiesen. Es war Zentimeterarbeit. Während der Überfahrt hingen wir stundenlang auf dem Deck herum und schauten nach den Möwen. Ein Norweger beugte sich über die Reling, lachte vor Freude, als das Land in Sicht kam. Offenbar war er lange nicht mehr daheim gewesen. Es war gegen zwölf Uhr nachts, als wir in Oslo ankamen, und wie die anderen Touristen fanden wir eine Abstellmöglichkeit auf dem nahen Campingplatz, der jedoch total überteuert war. Aber wo sollten wir schon hin mitten in der Nacht? Wir hatten zwei Zelte dabei, aber meine Schwester zog es bald vor, im Kofferraum des Busses zu schlafen. Für mich wäre das zu eng gewesen.

Anfangs verstanden wir uns noch ganz gut, aber nachdem wir zehn Tage auf Achse waren, passierte ein Disaster. Wir kamen von Bergen und suchten eine Übernachtungsmöglichkeit am Hardangerfjord. Ein Feldweg zweigte von der Straße ab und führte zu einer

Lichtung im Grünen. Meine Schwester saß am Steuer. Ich riet ihr, den Bus auf dem Feldweg zu parken, aber ihr war das nicht idyllisch genug, und sie steuerte das Fahrzeug geradewegs auf die grüne Wiese. Ich gab nach, und wir bauten das Zelt auf und bereiteten eine Mahlzeit zu. Am nächsten Tag geschah, was ich befürchtet hatte. Auf der nassen Wiese fanden die Räder des Busses keinen Halt und wühlten im Schlamm. Wir luden das ganze Gepäck aus, ich wuchtete mit dem Wagenheber die Antriebsräder nach oben und wälzte Steine darunter. Ein paar Meter kamen wir auch voran, aber dann – ich schwitzte schon ziemlich, und die allgemeine Stimmung war im Keller – brach der Wagenheber. Mit einem Hammer klopfte ich den Wagenheber aus dem Schlamm. Zusammen mit Bianka machte ich mich auf den Weg zur nächsten Tankstelle. Wir versuchten, ein Stück zu trampen, aber niemand nahm uns mit. Jetzt war auch Bianka mit ihren Kräften am Ende. Völlig deprimiert erreichten wir die Tanke und riefen einen Abschleppwagen. Der kam bald, inspizierte unsere ADAC-Mitgliedskarte und grinste. Er hätte schon gegen Morgen unseren Bus auf der Wiese gesehen und hätte sich gleich gedacht: „He won't get out of there."

Er setzte mit dem Lkw ein Stück zurück und zog uns dann mit der Seilwinde aus dem Schlamm. Wir bedankten uns großartig, luden dann das Gepäck wieder ein und machten uns auf die Weiterfahrt. Aber nun begann der Streit. Ich war wegen des Malheurs beleidigt und bestand darauf, dass wir einen neuen Wagenheber kaufen sollten, für den Fall, dass wir eine weitere Panne hätten. Iris und Bianka sahen das nicht ein und meinten, die Anschaffung sei viel zu teuer. Daraufhin wechselte ich zwei Tage lang kein Wort mehr mit den anderen. Ich war schon wieder leicht psychotisch, aber ich nahm es nicht einmal wahr.

Am dritten Tag nach dem Missgeschick hatte meine Schwester dann die Nase voll und sagte: „Warum fährst du nicht einfach mit deinem Fahrrad weiter und lässt uns in Ruhe?"

„Aber der Bus gehört mir!"

„Ach komm, du hast doch gar keine Fahrpraxis. Du würdest alleine nie wieder zurück kommen."

Ich hatte keine Lust auf großartige Diskussionen. Im Morgengrauen des nächsten Tages packte ich klammheimlich alle Sachen zusammen, die ich brauchte, klemmte noch einen Abschiedsgruß an die Windschutzscheibe des Busses und schwang mich auf mein Fahrrad. Ich hatte Pech, denn gleich nach zwanzig Kilometern gab es den ersten Tunnel. Der war für Radfahrer gesperrt, und so musste ich die Ausweichstrecke über den Gletscher nehmen. Das waren im ganzen 1200 Meter Höhenunterschied, und mein Fahrrad war voll beladen. Keuchend kämpfte ich mich zum Gipfel empor, einige Male musste ich auch schieben. Hinter mir rollte eine Blechlawine über die Serpentinen, und jeder zweite Fahrer hupte mich – weshalb auch immer – an. Oben angekommen, sah ich, dass hier viel Wintersport betrieben wurde. Der Schnee lag einen ganzen Meter hoch. Dann kam ein Schild: „Next Grocery 70 Kilometres."

Mir wurde klar, dass ich mir einiges vorgenommen hatte. Das Wetter war auch etwas diesig, und als ich schließlich den nächsten Campingplatz erreichte, hatte ich 120 Kilometer in den Beinen. Ich rief meine Eltern zu Hause an, die sich schreckliche Sorgen machten. Mein Vater meinte, es sei ja jammerschade, dass wir uns im Streit getrennt hätten, ob wir uns nicht wieder versöhnen könnten und zusammen weiterfahren könnten?

Leider waren Iris und Bianka ebenfalls weitergefahren, aber genau in die entgegengesetzte Richtung, und ich wusste nicht, wie ich zu ihnen Kontakt aufnehmen sollte. Ich hatte auch keine große Lust, schon wieder das fünfte Rad am Wagen zu spielen. Ich hatte eine Riesenwut auf meine Schwester und wollte ihr jetzt einmal zeigen, was eine Harke war. Ich nahm mir vor, den ganzen Weg alleine auf dem Fahrrad zurückzufahren. Ab und zu rief ich meine Eltern zu Hause an. Sie sorgten sich um meinen Gesundheitszustand. Dann erzählte ich am Telefon, ich sei ein Stück mit dem Rad auf der E5 gefahren. „Es gibt nun mal keine andere Straße hier."

Am nächsten Tag kam mir eine Polizeistreife entgegen. Ich witterte Ärger. Kurzerhand wuchtete ich das Fahrrad die Böschung hoch und fuhr über Feldwege und Fußwege weiter nach Süden. Schließlich erreichte ich Oslo. Ich gönnte mir keine Rast. Es ging weiter nach Schweden und über Göteborg nach Frederikshavn. Ab und an hatte ich eine Reifenpanne, und weil mein Fahrrad so schwer beladen war, brachen einige Speichen. Ich fand einen Bauernhof, an dem mir der Bauer einen Schraubstock zur Verfügung stellte. Ich setzte den Abzieher auf das Ritzel, um es von der Nabe zu lösen. Aber ich wusste nicht, in welche Richtung ich die Felge drehen sollte! Dummerweise entschied ich mich für die falsche Richtung und knallte das Ritzel bombenfest auf das Schraubgewinde. Der Bauer verfolgte desinteressiert meine Bemühungen und dachte sicher, „der Irre dreht bloß am Rad."

Ich entschied mich also, mit zwei gebrochenen Speichen weiterzufahren, und die Felge hielt tatsächlich bis nach Köln. In Frederikshavn traf ich zwei Holländer auf dem Campingplatz. Ein Brite gesellte sich zu uns, und gemeinsam leerten wir einen Kasten Bier. Dann radelte ich weiter quer durch Dänemark. Es war schwierig, morgens in die Gänge zu kommen, ohne einen Schluck warmen Kaffee oder sonst ein Frühstück. Manchmal lag ich im Zelt und wimmerte leise vor mich hin. Die anderen Urlauber suchten nur selten Kontakt. Ich war froh, als ich Dänemark hinter mir ließ und über die Grenze nach Deutschland radelte. Bald kam ich in Bremen an, und von dort bis ins Rheinland war es nur ein Katzensprung. In Longerich schoss ich noch ein Erinnerungsfoto, braungebrannt, hager, den Kopf voller wirrer Ideen, so kam ich in Köln an.

Zu Hause warteten gute Neuigkeiten auf mich. In einem Studentenwohnheim in Lindenthal konnte ich ein Zimmer beziehen. Ich war heilfroh, von zu Hause weg zu können und meine eigenen vier Wände zu haben. Das Zimmer war etwa 11 Quadratmeter groß, Toilette und Dusche auf dem Gang, aber mir kam es vor wie ein Dreisternehotel. Meine Mutter machte für mich noch einmal einen Termin fest bei einem Homöopathen um die Ecke. Ich ging dorthin, und der Arzt war mir unsympathisch, aber er versicherte mir: „Merken Sie nicht, dass ich Ihnen helfen will?"

Ich drückste herum. „In zwei Wochen will ich mein neues Studium beginnen. Wie soll ich das nur schaffen, wenn ich jetzt wieder eine Psychose kriege?"

„Fangen Sie sofort eine Psychotherapie an."

Er gab mir eine Adresse und schickte mich dann in eine psychiatrische Praxis am Hohenstaufenring. Ich brauchte eine ganze Stunde, bis ich die Praxis gefunden hatte, obwohl ich in dem Viertel aufgewachsen war. Dann musste ich noch einmal zwei Stunden warten. Der Neurologe war ein junger Afrikaner, in der Mehrzahl waren seine Patienten Gastarbeiter und Ausländer. Er verordnete mir ein Neuroleptikum und gab mir dann einen Termin für die kommende Woche. Zu dem Psychologen nahm ich auch Kontakt auf und hatte das Glück, eine Therapie beginnen zu können. Dann nahm ich meinen Umzug in Angriff.

Meine Eltern fuhren einen nagelneuen Golf, und in dem Studentenwohnheim meinte eine Bewohnerin, „der kommt wohl aus gutem Hause", als ich mit dem Auto vorfuhr. Ich schleppte meine Kartons auf das Zimmer, mein Vater half mir dabei. Die Wohnheimverwalterin entschuldigte sich dafür, dass auf dem Zimmer nur eine Matratze lag und versprach mir, dass in der kommenden Woche ein Bettgestell in das Zimmer käme. Ich fand auf dem Schreibtisch Platz für meinen Atari ST und den Kassettenrekorder und fühlte mich auf dem Zimmer wohl.

Tatsächlich schaffte ich den Einstieg in das Studium und besuchte die ersten Vorlesungen. Ich war sehr fleißig, lernte jeden Tag Vokabeln und fertigte Übersetzungen an. An der Fachhochschule tummelten sich in der Mehrzahl Frauen, aber ich war noch zu unerfahren, um die Rolle als Hahn im Korb auszunutzen. Nebenher belegte ich einen Volkshochschulkurs, der sich rund um den Otto-Motor drehte. Ich war noch ein wenig psychotisch und versteckte mein Gesicht in den Händen, da ich nicht wollte, dass meine wächserne Miene auffiel. Der Psychiater reduzierte die Medikamente bald, ich bekam schließlich einmal pro Woche eine Imap-Depotspritze. Das war sehr praktisch, da ich so nicht immer meine Pillen mit mir herumschleppen musste. Ich hatte immer noch Angst, dass meine Komilitoninnen etwas von meiner Erkrankung erfahren könnte und schämte mich dafür sehr. Aber eigentlich waren alle sehr freundlich, wunderten sich vielleicht insgeheim, warum ich so scheu war.

Im Studentenwohnheim kursierten die Gerüchte. Anscheinend hatten dort ein paar Kriminelle gewohnt, bevor ich eingezogen war, und fünfzehn Leuten war der Mietvertrag gekündigt worden. Allem Anschein nach wollte sich einer von ihnen rächen und hatte, bevor ich eingezogen war, das Klingelbrett abgefackelt. Dann war das Schloss an der Tür zum Fahrradkeller mit Klebstoff zugeschmiert. Ein Brief von der Wohnheimverwaltung machte die Runde. Der Vorsitzende warnte vor einer Gemeingefahr.

Nun ist es eines der Hauptmerkmale einer Psychose, dass man sich immer gemeint fühlt, egal was passiert. Ich zeigte meinem Arzt den Brief, und er hatte wohl von meinen Problemen die Nase voll und riet mir, einfach nachzufragen, worum es sich da handeln sollte. Ich hatte zu diesem Zeitpunkt keine Ahnung von der Geschichte mit dem Brandstifter. Die Wohnheimverwalterin wimmelte meine dumme Frage ab und empfahl mir, zu dem Studentensprecher zu gehen, falls ich psychische Probleme hätte. Aber die Dinge waren bald wieder im Lot, und meine peinlichen Fragen gerieten bald in Vergessenheit.

Doch dann geschah etwas Schreckliches. Mitten in der Nacht wurde ich wach, als die Italienerin aus dem Erdgeschoss an alle Türen hämmerte und „Feuer! Feuer!" brüllte. Alle zogen sich schnell etwas über und flüchteten durch ein Fenster im Erdgeschoss auf die Straße. Die Feuerwehr kam, und wir wurden in einem geheizten Bus auf der Straße untergebracht. Die Feuerwehrleute waren in vollem Einsatz. Anscheinend hatte der Kühlschrank im Keller Feuer gefangen. Anfangs mutmaßten wir, ob er vielleicht nicht rechtzeitig abgetaut worden war und sich überhitzt hatte. Aber die Feuerwehr fand heraus, dass der Stromstecker herausgezogen war. Sie schleppten den

Kühlschrank zur Spurensicherung in einen der LKWs. Im ersten Morgengrauen durften wir dann zurück auf unsere Zimmer. Das Treppenhaus war völlig verrußt, in der Zeitung stand später etwas von 200.000 Mark Sachschaden. Wir trafen uns am darauffolgenden Tag in der Küche und tauschten Anekdoten über die verstrichene Nacht aus. Einige der Bewohner hatten die ganze Sache verschlafen und wurden erst wach, als die Einsatzmänner in voller Montur alle Zimmer kontrollierten. Einer lehnte sich im zweiten Stock aus dem Fenster und wurde per Megaphon davor gewarnt, aus dem Fenster zu springen. Ein anderer Student wurde auch zu spät wach und hangelte sich am Fenster auf die Terrasse im ersten Stock, von wo er zusammen mit anderen mittels Drehleiter geborgen wurde. Die Aufräumarbeiten dauerten Wochen und Monate. Wer den Brand gelegt hatte, blieb im Unklaren, offenbar wollte sich einer der Studenten rächen, dem der Mietvertrag gekündigt worden war.

Das Studium ging weiter, und ich lernte viel. Ab und zu schaute ich noch zu Hause bei meinen Eltern vorbei. Meine Schwester war ausgezogen und wohnte nun in einer Sozialwohnung in Mülheim. Sie hatte ein Bauingenieur-Studium begonnen und fuhr nebenher für einen Kurierdienst Medikamente aus. Mit der Mathematik kam sie nicht gut klar, und ich half ihr bei den Übungsaufgaben. Ich selbst kam mit dem Übersetzerstudiengang gut zurecht, und mein Französisch verbesserte sich schnell. Alles sah danach aus, als ob die Dinge in bester Ordnung seien. Doch dann kam eine schlimme Nachricht. Mein Vater - dem eine Lungenentzündung attestiert war – nahm mich an einem Sonntag im November beiseite. „Wir müssen jetzt alle ganz stark sein", meinte er. „Ich habe Krebs."

Drittes Kapitel

Ich weiß es noch wie heute, wie er da stand, im blauen Pyjama, in Tränen aufgelöst. Der Arzt hatte ihm die Diagnose noch am Wochenende mitgeteilt. Von da an ging es rapide bergab mit Gerd. Er musste den ganzen Tag nur husten, hörte nicht mehr auf zu weinen. Ich fragte ihn, ob das hülfe, und er meinte nur: „Das ist der Stuhlgang der Seele." Dann fing er an, Blut zu spucken. Zu diesem Zeitpunkt war mir schon klar, dass er bald sterben würde. Der Tumor saß in den Bronchien, eine Operation schien nicht möglich. Er lag den ganzen Tag im Bett, war schwer depressiv. Gerd bildete sich ein, in seinem Leben nichts erreicht zu haben. Bis zuletzt quälte ihn die Angst, dass meine Mutter ihn verlassen könnte. Der Arzt kam mehrmals auf Hausbesuch, ihm wurde schlecht, als er sah, wie Gerd seine Lunge aushustete. Einmal hatte er einen Krampf und fiel in Panik. Es musste immer jemand da sein, der ans Telefon gehen konnte. Dann bekam er den ersten Erstickungsanfall. Der Arzt wies ihn in die Bonner Robert-Janker-Klinik ein. Dort war es beklemmend, mehrere Krebspatienten lagen auf einem Zimmer, alle rechneten mit einem baldigen Abgang. Mehrmals bekam Gerd keine Luft mehr, und die Pfleger rannten herbei, um ihn ins Sauerstoffzelt zu verlegen. Die Ärzte entschieden sich jetzt doch, eine Operation zu wagen, aber als sie seine Brust öffneten, sahen sie, dass hier nichts mehr zu machen war. Meine Mutter verbrachte die letzte Nacht an seinem Sterbebett. Meine Schwester und ich kamen zu spät.

Da lag er nun in seinem Krankenbett, im Schlafanzug, das Gesicht wächsern, der Körper aufgeschwemmt. Meine Mutter drückte ihm noch einen Kuss auf die Stirn, dann machten wir kehrt. Zu Hause erledigten wir die nötigen Telefonate. Ein Leichenbestatter holt Gerd aus der Klinik ab, wir schrieben einen Stapel Trauerbriefe. Nun war mein Vater aus der Kirche ausgetreten, und wir wussten nicht, wer ein paar letzte Worte bei seiner Bestattung sprechen könnte. Der Leichenbestatter empfahl uns einen freikirchlichen Pfarrer. Die Musik auf der Beerdigung spielte eine Jazzband. Gerd hatte sich in seinen letzten Lebenstagen gewünscht, dass zu seiner Bestattung New-Orleans-Jazz gespielt wurde. Die Musik war herzzerreißend, aber der Pfarrer redete nur Unsinn. Als er ausgesprochen hatte, meinte meine Mutter: „Das vergessen wir am besten ganz schnell, was er gesagt hat.“

Aber das Leben ging weiter, es war seltsam einfach ohne den Vater. Vielleicht lag es auch daran, dass meine Sympathien immer bei Jascho gelegen hatten. Jetzt waren sie beide über den Jordan, Jascho und Gerd, und es war niemand da, der mir hätte helfen können. Ich ging weiter zu den Vorlesungen an der Fachhochschule und machte meine ersten Scheine. Statt mir eine Kommilitonin anzulachen, baute ich mir ein Wolkenschloss. Ich wollte nur Sophie als Freundin, aber die liebte ihren Roland und wies mich kurzerhand ab. Wochenlang terrorisierte ich sie mit Briefen, aber als dann endlich eine Antwort kam, wollte ich diese schon gar nicht mehr lesen. Zu allem Überfluss bekam ich dann noch eine Mittelohrentzündung. Aber das ging vorbei, und irgendwann begriff ich dann endlich, dass von Sophie nichts mehr zu erwarten war. Dann kamen die Semesterferien.

Nach dem ersten Studienjahr an der Fachhochschule stand ein zweisemestriger Aufenthalt in Aix-en-Provence auf dem Programm. Ich wollte schon einmal die Lage erkunden und fuhr nach Südfrankreich. Aber ach – es war ein trauriges Rendezvous. Dort, wo vor zwei Jahren noch dichte Kiefernwälder gestanden hatten, war jetzt nur noch verbrannte Erde und Ruß. Ich erinnerte mich an die Radiomeldung über die Waldbrände vom Vorjahr. Später ließ ich mir vom Herbergsvater in Cassis ein paar alte Zeitungsausschnitte geben, die sich mit dem Waldbrand beschäftigten. Es hieß, der Brand sei in einem Vorort von Marseille entstanden, genau genommen in einer Psychiatrischen Anstalt, wo ein Irrer im Vorgarten eine Zeitung in Brand gesetzt hatte. Die Hügel über dem Meer waren im Sommer knochentrocken und glühten vor Hitze. Der heftige Mistral hatte das Feuer vermutlich noch angefacht. Nur die Jugendherberge war verschont geblieben. Ich erholte mich zwei Wochen lang in den Calanques von Cassis, bevor das Semester wieder anfing.

Es ging auf den Sommer zu, und ich bereitete mich auf den Studienaufenthalt in Frankreich vor. Ich hatte das Glück, einen Wohnheimplatz in Aix-en-Provence zugewiesen zu bekommen. Ich schaffte alle nötigen Scheine und hatte in dem ersten Studienjahr viel gelernt. Ich war auch recht fleißig, nur manchmal verfiel ich in Trübsinn. Dann holte ich mir eine Flasche Moselwein aus dem Schrank, Gerd hatte noch eine ganze Kiste zurückgelassen. Vorher hatte ich nie Alkohol getrunken, aber es war ein schönes Gefühl, für ein paar Stunden alles zu vergessen, obwohl am nächsten Tag das Leben ja weiterging.

Dann kamen die Semesterferien, und ich überlegte hin und her, was ich wohl tun könne. Ich wollte nach Spanien, den Jakobsweg erkunden. Zunächst dachte ich daran, mit dem Auto zu fahren. Meine Tante wunderte sich: „Dann bist du ja doch bequemer geworden."

Dieser Einwand war zu viel für mich, und ich entschied mich kurzerhand, noch mal einen Fahrradurlaub in Angriff zu nehmen. Ich wollte von Toulouse aus über die Pyrenäen nach Jaca. Die Strecke führte über den 1792 Meter hohen Col de Portalet. Zu meinem Pech hatte ich den Drahtesel aber völlig überladen und schraubte mich unter Aufbietung aller Kräfte die Serpentinen hoch. Der Grenzer winkte mich durch, und dann ging es 50 Kilometer lang bergab, bis ich in Jaca ankam und dort auf einem Campingplatz mein Zelt aufschlug. Zwei Tage später rollte die Tour de France durch die Pyrenäen. Ich hatte das Glück, die Zielankunft live mitzuerleben. Miguel Indurain gewann die Etappe. Es war ein großes Brimborium. Eine riesige Leinwand übertrug das Rennen, die Werbekarawane zog vorbei, T-Shirts und Andenken wurden verkauft. Am darauffolgenden Tag zog der ganze Tross weiter, und es kehrte wieder Ruhe ein. Ich fuhr über den Jakobsweg weiter bis zu den Picos de Europeo. In Oviedo endete mein Urlaub. Drei Wochen lang hatte ich mit keinem Menschen gesprochen, ich war schon wieder psychisch angeschlagen. Zudem nahm ich auch keine Medikamente mehr, da der Neurologe in Köln mir empfohlen hatte, die Depotspritzen abzusetzen. Er meinte, ich käme auch so schon zurecht.

Als ich in Oviedo am Bahnsteig stand, wurde ich von einem Polizisten in voller Montur kontrolliert. Er zeigte seine Dienstmarke, schnappte sich meinen Pass und verschwand auf der Wache. Ich protestierte. „Gleich kommt mein Zug, ich brauche den Pass wieder."

Er beschwichtigte mich. „Noch einen Moment." Er gab telefonisch meine Daten an die Zentrale weiter und bekam dann grünes Licht. Als der Zug in den Bahnhof einrollte, drückte er mir den Pass wieder in die Hand. Ich lud mein Fahrrad ins Gepäckabteil und machte mich auf eine sechsstündige Fahrt bis nach San Sebastian gefasst. „Blümchenpflücken während der Fahrt verboten", stand in dem Reiseführer. Zu allem Überfluss demolierten die Spanier auf dem Transport das Rad. Als ich in San Sebastian ankam, war die Felge ruiniert, der Lenker verbogen, und das Lenkerband hing in Fetzen. Das Zugpersonal gab mir zu verstehen, ich sollte ohne das Rad weiterfahren. Der Göppel würde auf Kosten der RENFE repariert und dann nach Köln transportiert. Ich ließ mich auf den Handel ein, aber es sollte tatsächlich noch vier Wochen dauern, bis mein Bike am Kölner Hauptbahnhof eintrudelte. Bis das Studium in Aix-en-Provence beginnen sollte, hatte ich noch ein paar Wochen Zeit, die ich damit verbrachte, in einer Miederwarenfabrik im Kölner Norden zu jobben.

Als es dann so weit war, parkte meine Schwester den Golf vor dem Studentenwohnheim, und mit vereinten Kräften luden wir die Kartons in das Auto und befestigten das Fahrrad auf dem Dachgepäckträger. Sie hatte mir angeboten, mich über die Schweiz nach Aix-en-Provence zu fahren. Im ganzen waren wir drei Tage unterwegs, da wir zwischendurch noch Halt in Freiburg und ich Zürich machten. Meine Schwester stellte das Auto auf dem Campingplatz ab, und ich fuhr mit den Papieren zu dem Wohnheim, um die Zimmerübergabe abzuwickeln. Es lief problemlos. Am anderen Tag luden wir das Gepäck aus dem Auto, und meine Schwester machte sich auf den Heimweg. Nun war ich auf mich selbst gestellt. Meine

Kommilitoninnen kamen ebenfalls nach und nach angereist, die meisten wohnten auch im Wohnheim, einige hatten eine Privatunterkunft. Das Wetter war traumhaft, die Temperaturen im Herbst lagen deutlich höher als in Deutschland. Das Zimmer im Wohnheim war gemütlich, nur die Putzkolonne störte. Jeden Morgen kam die Putzfrau auf das Zimmer und leerte den Mülleimer. Sie kontrollierten immer, ob alles in Ordnung war, von daher war es einfach unmöglich, einmal länger auszuschlafen. Ernähren konnte man sich billig in der Mensa, sonst gab es in der Nähe einige Supermärkte. Man traf sich auch regelmäßig im Waschsalon, denn in dem Wohnheim gab es keine Waschmaschinen. Also spannten wir eine Leine quer durchs Zimmer, um dort die Wäsche zu trocknen. Es gab ein kleines Kino in der Stadt und eine Flanierstraße, den Cours Mirabeau, auf dem man sich einmal am Tag blicken ließ. Dann begannen die Vorlesungen.

Der Unterricht fand in französischer Sprache statt. Das Problem war, dass wir auch Übersetzungen vom Französischen ins Englische anfertigen mussten und umgekehrt. Zudem gab es Kurse in Recht, VWL und BWL sowie Grammatik und Landeskunde. Nach zwei Wochen warf ich das Handtuch. Ich nahm keine Psychopharmaka mehr und reagierte psychotisch. Eine Kommilitonin fragte, was denn los sei, und ich sagte: „Ich geh jetzt erst einmal zwei Wochen auf Tauchstation."

Ich versuchte, einen Arzt zu finden, aber ich hatte keine Ahnung, wie ich das anstellen sollte. In den Gelben Seiten fand ich einen Psychologen, der gerade eine Sitzung abhielt, als ich dort aufkreuzte. Er gab mir eine Telefonnummer sowie eine Adresse und sagte, „c'est un dispensaire." Dort könne ich meine Medikamente bekommen.

Ich wählte die Telefonnummer, dort meldete sich eine junge Frau. Ich hatte noch keinen Ton gesagt, da fragte sie: „Voulez-vous monter un cheval?"

Ich staunte Bauklötze. Es musste so eine Art Puff sein, ich blickte nicht ganz durch. Ich ließ mir einen Termin geben, und als ich die Praxis betrat, wickelte mich die Prostituierte um den Finger. Ich ließ mir Honig um den Bart schmieren und bekam ein Rezept für Schlaftabletten ausgehändigt. Das half natürlich überhaupt nichts. Ich ging wieder auf mein Zimmer und drehte nun völlig ab. Ich glaubte, mein Kassettenrekorder spiele von alleine Musik. Der französische Geheimdienst hatte mich in meiner Phantasie im Visier. Die Plakate, die ich an die Zimmerwände gehängt hatte, grinsten mich nachts fahl an. Ich glaubte, ich würde von Videokameras überwacht. Also ging ich spät abends bei zwei Kommilitoninnen vorbei, die ein Studio in der Stadt gemietet hatten, und fragte, ob ich dort eine Nacht verbringen könnte. Sie erlaubten es mir, wollten aber wissen, was los war. Ich erzählte von meiner Schizophrenie. Die beiden Mädchen meinten, sie würden für mich einen Arzt finden, aber nun checkte ich überhaupt nichts mehr. Ich redete wirres Zeug von Aids und dem Geheimdienst sowie von meiner Kindheit. In der Psychose beschuldigte ich Gerd, mich als Kind sexuell missbraucht zu haben. Nun konnte er sich nicht mehr wehren, da er im Jahr davor gestorben war.

Meine Kommilitoninnen packte die Angst, als ich immer mehr in Fahrt geriet. Sie waren wohl froh, als ich am nächsten Morgen das Weite suchte. Ich nahm den ersten Zug nach Paris. Ich bildete mir ein, vom Geheimdienst verfolgt zu werden und glaubte, meine Familie sei in Bedrängnis. Zu den unmöglichsten Zeiten rief ich daheim an, so dass meine Angehörigen sich schreckliche Sorgen machten. Ich hatte keinerlei Gepäck dabei und irrte planlos über den Gare du Nord. Es war schon spät. Ich entschloss mich, ein Hotelzimmer zu buchen. Geld hatte ich zur Genüge dabei. In der Nähe des Bahnhofes fand ich ein kleines Hotel, wo ich mich für ein paar Nächte einquartierte. Ich fragte den Portier, ob er mir helfen könnte. Ich hätte psychische Probleme und suchte einen Arzt. Er schüttelte nur den Kopf. „Wenn Sie Probleme haben, reden Sie doch mit den Leuten auf der Straße."

In den oberen Zimmern ging es rund, und ich veranstaltete ebenfalls ein Höllenspektakel. Ich dachte, es wäre Besuch gekommen, und suchte das ganze Zimmer ab. Dann legte ich mich ins Bett und redete leise vor mich hin. Im Nebenzimmer saß jemand am Schreibtisch, rauchte eine Kippe nach der anderen, sagte keinen Ton. Man konnte die Glut der Zigarette im Dunkeln sehen. Ich wählte die Nummer der Rezeption, legte wieder auf. Dann ging ich eine Treppe höher. Dort saß eine deutsche Touristin, die penetrant nach Parfüm roch. Nebenan wurde eine Nummer geschoben. Ich ging wieder in mein Zimmer, versuchte zu schlafen. Vergeblich. Zu essen hatte ich auch nichts außer einem alten Baguette. Aber das war besser als nichts. Dann kam der Morgen, und ich traute mich wieder auf die Straße. Die Bistros hatten noch geschlossen. Ziellos irrte ich durch die Stadt. Ich warf meinen Personalausweis weg, sammelte ihn dann wieder ein. Dann verspürte ich ein Bedürfnis, aber weit und breit gab es keine öffentliche Toilette. Also verrichtete ich meine Notdurft an einer Straßenecke. Ein Briefträger kam vorbei, und eine alte Französin zischte ein paar böse Worte. Gegen Abend streunte ich durch das Chinesenviertel an der Porte de Choisy. Ich betrat einen Jeansladen und kaufte eine neue Jeans. Die alte warf ich in die nächste Mülltonne.

Plötzlich bemerkte ich, wie auf der gegenüberliegenden Straßenseite eine Schlägerei im Gange war. Ich warf mich dazwischen. Die beiden Kontrahenten stachen mit Messern aufeinander ein. Blut tropfte auf meinen Pullover. Dann suchten beide das Weite, da sie glaubten, die Polizei sei gleich da. An einer Straßenecke stand ein Abschleppwagen. Ich stieg zu dem Fahrer in die Kanzel, und er fing an zu schimpfen: „Was haben Sie sich dabei gedacht – so etwas ist doch Sache der Polizei!" Er deutete auf meinen Pullover: „Sie hätten sich dabei Aids holen können!"

Ich kletterte wieder aus dem Fahrerhaus und fand tatsächlich den Weg zurück zu dem Hotel. Wieder verbrachte ich eine schlaflose Nacht in dem Hotelzimmer. Am anderen Morgen ging ich zur nächsten Bäckerei und trank einen Kaffee im Stehen. Ich rief meine Mutter in Köln an, hängte dann den Hörer ein. Jetzt hatte ich Angst, ich könnte mich mit HIV infiziert haben. Ich fand den Weg zu einem Krankenhaus, wo ich fragen wollte, ob sie mich aufnehmen könnten. Der Pförtner an der Rezeption runzelte nur die Stirn und ließ mich warten. Ich fasste das als Absage auf und suchte das Weite. Gegen Abend streunte ich am Montmartre herum, als mich ein Passant ansprach: "Ich wohne selbst noch nicht so lange in Paris und weiß, wie es ist, in einer fremden Stadt anzukommen und keinen Ansprechpartner zu haben. Kommen Sie mit, ich werde Ihnen helfen."

Ich war erleichtert. Später überlegte ich mir, ob es vielleicht ein verdeckter Ermittler war, der mich beobachtet hatte, aber das sollte ich wohl nie herausfinden. Er ging mit mir auf die nächste Wache und redete ein paar Worte mit den Polizisten. Ein Krankenwagen kam angebraust, und ich wurde zur nächsten Ambulanz gebracht.

Ein Pfleger bot mir einen Kaffee an und fragte mich, was mir fehlte. Ich erzählte wirres Zeug. Er hängte sich ans Telefon, und bald darauf kamen mich zwei weitere Pfleger abholen. Es ging quer durch die Stadt bis nach Paris-Neuilly. Endstation Maison Blanche. Dies war wohl die übelste Anstalt von ganz Westeuropa. Die Pfleger nahmen mir meine Papiere und das Geld ab. Ich musste meine Kleider ablegen und bekam einen Schlafanzug dafür. Dann verabreichten sie mir einen Tranquilizer. Einer der Pfleger zählte das Geld und knurrte: „On va te donner le Prix Nobel."

Offensichtlich hatten sie sich dazu entschieden, sich an mir zu bereichern. Sie sperrten mich in ein düsteres Zimmer und herrschten mich an, ich solle mich schlafen legen. Ich protestierte, aber durch den Tranquilizer war ich so geschwächt, dass mir nichts anderes übrig blieb, als mich ins Bett zu legen. Ich fiel in bleiernen Schlaf. Gegen Morgen wurde ich wach und sah, dass ich gefangen war. Sie hatten die Tür kurzerhand abgeschlossen. Fahles Licht fiel in das Zimmer. Ich kramte einen Bleistift aus der Tasche und schmierte meinen Namen an die Tapete. Mir war sterbenselend zumute. Ich trommelte gegen die Tür. Nichts geschah. In der Ecke stand ein alter Eimer, in den ich meine Notdurft verrichtete. Dann, als ich schon alle Hoffnung aufgegeben hatte, kam eine Schwester und schloss die Tür auf. Ich stellte mich erst einmal unter die Dusche, aber wirklich besser fühlte ich mich nicht. Es gab Frühstück.

Die Messerstecherei vom Vortag ging mir nicht aus dem Kopf, und ich glaubte allen Ernstes, ich könnte mich mit HIV infiziert haben. Ich wusste nicht, was ich machen sollte, und hängte mich stundenlang an den Wasserhahn, um alles Gift aus mir herauszuspülen. Sicher war ich schwer daneben, aber als ich mir die anderen Patienten ansah, wurde mir erst richtig schlecht. Ein hagerer Schwarzafrikaner trommelte den ganzen Tag auf der Heizung herum. Ein anderer schleppte sich auf allen vieren über den Flur, grunzte dann und wann blöde und schmierte mit dem Finger über die Wand. Eine junge Französin war spastisch gelähmt. Ein anderer sog wie eine Lokomotive an seiner Zigarette und stieß üble Schimpfwörter aus.

Eine Krankenschwester wollte mir Blut abzapfen und fand die Vene nicht. Die Ärzte ließen mich links liegen. Erst nach drei Tagen kümmerte sich jemand um mich. Ich verstand überhaupt nichts mehr, ließ mir eine Zeitung geben und malte auf den Rand „Ticket to ride". Der Arzt nickte. „C'est ça."

Ich sagte ihm die Telefonnummer von zu Hause. Er wählte, und ich hatte meine Mutter an der Strippe. Sie hatten sich daheim furchtbare Sorgen gemacht, da ich drei Tage verschollen war. Ich sagte, wo ich war und was mir passiert wäre, woraufhin meine Mutter erklärte, sie käme mich mit Heike zusammen abholen. „Am besten kommst du mit nach Köln, dann werden wir einen Arzt für dich finden." Ich willigte ein. Ein letzter Tag verstrich in Maison Blanche, dann trafen Heike und Hanna ein, und wir suchten das Weite. Mir ging es wieder etwas besser, aber ich hatte nichts anderes im Sinn, als Hanna mit alten Familiengeschichten zu quälen. „Ich glaube, ich bin eigentlich der Sohn von Jascho und nicht von Gerd."

Hanna wiegelte ab. „Aber als du geboren wurdest, kannte ich Jascho doch noch gar nicht."

Das war gelogen. Ich wechselte das Thema. „Wie soll es jetzt mit dem Studium weitergehen?"

„Als Erstes musst du zum Arzt. Dann sehen wir weiter. Deinen Kommilitoninnen hast du ja ganz schön

Angst eingejagt. Vielleicht können sie dir die Prüfungsunterlagen zuschicken, und du kannst den Unterrichtsstoff nachholen. Aber deine Gesundheit geht vor."

Wir fuhren mit Heikes großem Volvo zurück nach Köln. Hanna hatte einen Termin bei einem Neurologen festgemacht. Vorher gingen wir noch in einer Bäckerei frühstücken, dann hatte ich ein kurzes Gespräch mit dem Arzt. Er meinte, es sei das Beste, wenn ich einen stationären Aufenthalt anpeilen würde. Ich war einverstanden. Die Uni-Klinik lag nur ein paar Ecken weiter, und ich bekam sofort ein Bett auf einer offenen Station. Man verabreichte mir noch einmal einen Tranquilizer, und mein Kreislauf ging den Bach herunter. Auf der Station gab es nicht viel Abwechslung. Ich freundete mich mit einer Mitpatientin an, die ebenfalls eine Psychose hatte. Wir sprachen meistens auf Französisch miteinander, damit uns die anderen Patienten nicht verstehen konnten. Auf meinem Zimmer waren noch ein Zigeuner, der im Rollstuhl saß, sowie ein junger Bursche, der aus dem vierten Stock seines Wohnhauses gesprungen war. Ich telefonierte nach Südfrankreich. Meine Kommilitoninnen waren froh, dass ich einen Platz im Krankenhaus bekommen hatte. Sie schickten mir die kopierten Studienunterlagen, und ich warf ab und an einen Blick hinein. Ich hoffte, dass ich den Rückstand nachholen konnte. Bald bekam ich leichtere Medikamente und fühlte mich besser. Es war empfindlich kalt geworden, und da ich ja keine Anziehsachen mitgenommen hatte, lieh der Bruder von Heike mir seine Drachenfliegerjacke. Die zog ich mir an, wenn ich draußen spazieren ging. Vier Wochen blieb ich in der Uni-Klinik. Ich bekam viel Besuch und stabilisierte mich rasch. Der Chefarzt hätte es gerne gesehen, wenn ich noch länger dageblieben wäre, aber gemeinsam mit meiner behandelnden Ärztin kungelte ich den Entlassungstermin aus. Heike erklärte sich bereit, mich in Begleitung meiner Schwester nach Aix-en-Provence zu fahren. Wir fuhren über Paris und holten noch meine Euroscheckkarte ab, die dort auf dem Schatzamt lag. Auf der Fahrt hatte ich Fantasien, überlegte, wie es wohl wäre, bei voller Fahrt auf der Autobahn aus dem Auto zu springen. Aber diese Ideen ließen sich leicht unterdrücken.

Ich stieg in Aix aus dem Auto und fühlte mich gleich viel besser dort. Die Temperaturen waren angenehm. Heike hatte für mich einen Psychiater ausfindig gemacht, den wir gemeinsam aufsuchten. Als sie den Eindruck hatte, ich käme alleine schon zurecht, fuhren Heike und Iris zurück nach Köln. Ich versuchte, alle Vorlesungen zu besuchen, aber ich war von dem Fluanxol, das mir der Arzt verschrieben hatte, so müde, dass ich regelmäßig verschlief. In den Vorlesungen verstand ich nicht viel von dem Unterrichtsstoff, und die Übersetzungen waren auch nicht berühmt. Das Einzige, was mich noch interessierte, war, wie ich an ein Auto kommen könnte, um eine Sahara-Expedition durchzuführen. Schwer zu sagen, ob Sophie von dem Reiseunternehmen mir diesen Floh ins Ohr gesetzt hatte oder ob es die Erinnerung an Jascho war. Jedenfalls hatte ich es mir in den Kopf gesetzt, mit dem Auto nach Marokko zu fahren. Ich rief einen alten Schulfreund an, der einen Gesellenbrief als Kraftfahrzeugmechaniker hatte, und bat ihn, mir ein Auto zu organisieren. Geld hatte ich genug, da die Lebensversicherung von Gerd einiges abgeworfen hatte.

Dann kam das Weihnachtsfest, und alle fuhren in Urlaub nach Hause. Da ich gerade erst in Köln gewesen war, entschied ich mich, Weihnachten in der

51

Jugendherberge von Cassis zu verbringen, wohin es einige deutsche und kanadische Touristen verschlagen hatte. Wir kochten zusammen ein Festtagsmenü, und bei einer Flasche Bandol und mit einem kleinen Tannenbaum, der von den Franzosen argwöhnisch beobachtet wurde, verbrachten wir Heiligabend. Über Sylvester war ich wieder in Aix-en-Provence. Das Wohnheim war gähnend leer, und da ich nichts zu tun hatte, malte ich mit Fensterfarben einen Schmetterling an die Eingangstür. Feuerwerk gab es keines zu bestaunen, nur an der Place de la Rotonde feuerte ein Franzose zwei Raketen ab.

Die Ferien gingen vorüber, und alle kamen aus dem Urlaub zurück. Ich fing an, die Vorlesungen zu schwänzen, und wenn es nicht mehr ging, fuhr ich wieder nach Cassis. Mein Schulfreund aus Köln fand zunächst kein Auto. Die Semesterferien rückten näher, und so willigte ich ein, als er mir vorschlug, einen alten Passat mit Dieselmotor zu erwerben. Ich fuhr mit dem TGV über Paris und Brüssel nach Köln, hob das Geld ab und bezahlte den Wagen. Zu diesem Zeitpunkt war mir schon klar, dass ich den Auslandsaufenthalt abbrechen würde. Ich freute mich, wieder nach Köln zu kommen und meine Familie wiederzusehen. In der Zeitung veröffentlichte ich ein Inserat, dass ich Mitfahrer für eine Tour nach Marokko suchte. Eine junge Studentin rief zurück, und ihrerseits trieb sie noch einen weiteren Mitfahrer auf, so dass wir schließlich zu dritt waren.

Ich peste über die Autobahn nach Aix, löste mein Zimmer auf und stellte meine Siebensachen, säuberlich in Kartons verpackt, in den Keller der Wohnung meiner Eltern. Mit meinen Mitfahrern, Andreas und Petra, traf ich mich zu einer Tasse Kaffee, und wir besprachen die Tour. Petra hatte zunächst Einwände, da sie glaubte, so kurz nach meiner psychotischen Episode sei ich noch nicht wieder auf dem Damm. Aber als Andreas zusagte, dass er mitfahren wollte, gab sie grünes Licht. Sie zog zwei billige Messingringe aus der Tasche und fragte: „Wer von euch beiden mag denn meinen Ehemann spielen?"

Sie hatte Angst, dass sie von den Marokkanern belästigt werden könnte, aber ich hatte keine Lust, mir den Ring an den Finger zu stecken, und so übernahm Andreas die Rolle. Ich ging zu Aldi und packte zwei Riesenkartons voller Lebensmittel in den Kofferraum. Auf dem Dachgepäckträger befestigte ich zwei Autoreifen, für den Fall einer Reifenpanne, sowie einen alten Benzinkanister. Sogar ein Kasten voller Werkzeug fand seinen Platz im Kofferraum, obwohl ich sicher auf dem Schlauch gestanden hätte, falls es notwendig gewesen wäre, das Auto zu reparieren.

Anfang Februar 1992 war es dann so weit. Petra bestand darauf, ihr Lieblingskissen mit auf die Tour zu nehmen, und Andreas kramte noch eine Tüte mit Musikkassetten aus dem Schrank seines WG-Zimmers. Als die erste Kassette zu dudeln begann, „ich möchte zurück auf die Straße", waren wir schon längst auf dem Weg nach Nordafrika.

Viertes Kapitel

Das Auto war voll beladen, und wir kamen nur langsam voran. Wir fuhren über die Autobahn nach Saarbrücken und dann weiter über die Autoroute du Soleil. Ich schlug vor, in einem Motel an der Autobahn zu übernachten, aber Petra und Andreas war das zu teuer. Also fuhren wir bei Montpellier ab und parkten den Wagen vor der Jugendherberge von Mèze. Die Herberge war geschlossen, aber wir hatten bald entdeckt, dass man die Tür ganz einfach öffnen konnte. Petra drehte den Hauptschalter an, und so hatten wir auch Licht und fließend Wasser. Niemand bemerkte uns, wie wir die Nacht in einem vergammelten Schlafsaal verbrachten, und am nächsten Morgen ließen wir die Jugendherberge wieder so hinter uns, wie wir sie vorgefunden hatten. Es ging weiter über die Autobahn nach Spanien hinein. Bei Alicante verfuhren wir uns und mussten mühsam den richtigen Weg in Richtung Malaga finden. Bei Murcia machten wir eine Pinkelpause, und Andreas meinte, „lass uns einmal versuchen, wer weiter pieseln kann, du oder ich?"

Ich zog den Kürzeren. Ich hatte erst Angst, die beiden könnten sich mit meinem Kombi einfach verdrücken und mich alleine zurücklassen. Ich kannte sie ja erst seit ein paar Tagen und ich kannte mich noch nicht so genau aus mit der Polizei in Marokko. Es wurde dunkel, und wir fanden spät nachts ein Motel irgendwo in der Pampa. Ich hatte auf dem Rücksitz geschlafen und überließ das Fahren hauptsächlich den anderen beiden, da ich von den Medikamenten so müde war. Besonders Petra beherrschte die Kunst, mit jaulender Kupplung und Vollgas den Passat auf Touren zu bringen. Ich war froh, dass mein Schulfreund so eine gute Wahl getroffen hatte. Der Passat war schon etwas älter, aber der Motor schnurrte wie eine Eins, und wenngleich ein Geländewagen die bessere Wahl gewesen wäre, war ich froh, so auf die Schnelle einen fahrbaren Untersatz gefunden zu haben. Platz im Kofferraum gab es genug für unser Gepäck, und der Wagen sollte uns während der ganzen Tour nicht im Stich lassen. Andreas schlug vor, den Tank bis zum letzten Tropfen leer zu fahren und dann Diesel nachzukippen, aber mir war das nicht geheuer. Zum Glück sträubte ich mich, sonst hätte man den Motor umständlich entlüften müssen. Auch hatte ich sagen hören, dass sich am Tankboden manchmal dickflüssiger Treibstoff abzusetzen pflegte, der dann die Kraftstoffleitung verstopfte.

Am dritten Tag kamen wir mittags in Malaga an und nahmen die Fähre nach Ceuta. Die Überfahrt dauerte lange und war nicht besonders spektakulär. In Ceuta winkten uns die Grenzer durch. Auf der Suche nach dem Campingplatz verirrten wir uns in der Altstadt und fuhren durch haarnadelenge Gassen, hätten beinahe weder vor- noch zurücksetzen können. Aber Andreas steuerte den Wagen gekonnt stadtauswärts. Petra wagte einen schwachen Protest, sie war für Camping nicht besonders zu erwärmen, aber ich setzte mich durch. Am anderen Tag passierten wir die Grenze. Wir mussten Formulare en masse ausfüllen, und ich bekam einen Stempel in den Reisepass, dass ich das Fahrzeug ordnungsgemäß wieder ausführen müsste. Und wiewohl ein Marokkaner mir auf der Reise halb im Scherz vorschlug, den Kombi gegen fünf Kamele einzutauschen, blieb ich standhaft bei dem Vehikel meiner Wahl. Am nächsten Tag bezogen wir ein billiges, sauberes

Hotelzimmer in Chefchaouen, und während Andreas und Petra die Altstadt erkundeten und frisches Brot und Käse besorgten, legte ich mich in die Koje und schlief den Schlaf der Gerechten.

Wir entschieden uns, aufgrund von Empfehlungen aus unserem Reiseführer das Rif-Gebirge zu meiden und machten uns auf den Weg nach Meknes. Ich kannte den Campingplatz von Meknes schon von früher. Es war der schönste Campingplatz von ganz Marokko, wie ich fand. Zwei Tage blieben wir in Meknes, dann fuhren wir über den Mittleren Atlas weiter nach Südmarokko. Wir wählten die Strecke über den 2178 Meter hohen Col du Zad. Das war keine gute Entscheidung, aber woher hätten wir wissen sollen, dass auf dem Pass winterliche Verhältnisse mit Schnee und Glatteis herrschten. Andreas und ich stiegen aus zum Anschieben; wir froren uns die Finger ab, und es ging nur meterweise vorwärts. Ein paar Marokkaner halfen uns und warfen Steine vor die Räder. Selbst die allradgetriebenen Lkws kamen nicht voran. Mit vereinten Kräften erreichten wir schließlich die höchste Stelle des Passes. Von da an ging es weiter in Richtung Midelt. Die Marokkaner versicherten uns, es sei das erste Mal seit zwanzig Jahren, dass im Februar dort noch so winterliche Temperaturen herrschten. Wir schossen viele Fotos von den Palmen in Schnee und Eis. Als wir den Mittleren Atlas hinter uns ließen, waren die Straßen kaum noch verschneit. Wir fuhren weiter nach Errachidia und Erfoud und erreichten schließlich über eine abenteuerliche Piste die Dünen vom Erg Chebbi. Dies war der landschaftliche Höhepunkt unserer Tour. Wir parkten den Passat am Rande der Dünen und schlugen im Sand unsere Zelte auf. Petra zeltete nicht gerne. Wir kamen überein, dass sie die Nacht mit Andreas im Zelt verbringen sollte, und ich hatte mein eigenes Zelt. Anscheinend war ihr das auch nicht ganz geheuer, und sie schluckte drei Schlaftabletten, um die Nacht irgendwie hinter sich zu bringen. Am anderen Tag war die Idylle der Sanddünen vergessen, vorbei das Herumtollen im Sand und das abendliche Lagerfeuer, an dem uns ein Marokkaner besuchte. Petra ging es schlecht, sie sagte, sie fühle sich, als ob sie gekifft hätte. Ich selbst hatte gut geschlafen und wusste nicht, wie die anderen beiden die Nacht verbracht hatten. Wir fuhren einige Kilometer weiter bis nach Rissani und buchten dort zwei Hotelzimmer, so dass Petra sich wieder erholen konnte. Sie war schon weit herumgekommen, und man merkte ihre Reiseerfahrung gleich, wenn wir ein Hotel besichtigten. Sie erzählte, sie wolle im Herbst für ein halbes Jahr nach Südostasien. Wie sie all die teuren Reisen bezahlte, blieb mir ein Rätsel. Klar war nur, dass es inzwischen doch gefunkt hatte zwischen Andreas und Petra, so dass ich mir manchmal ein bisschen überflüssig vorkam. Zudem wollte ich lieber Campen als im Hotel zu schlafen, und so bezogen wir des Öfteren getrennte Quartiere. Was mich ziemlich auf die Palme brachte, war, dass Petra und Andreas Haschisch konsumierten. Ich bestand darauf, dass in meinem Auto kein Rauschgift transportiert wurde. Kif gab es an allen Ecken und Enden. Ich hatte die Sorge, dass die Polizei mich zur Rechenschaft ziehen würde, falls etwas herauskam. Andreas meinte, in seinem Privatgepäck könnte er doch soviel Dope transportieren, wie es ihm passte. Wir hatten deshalb einige Meinungsverschiedenheiten.

Schließlich kamen wir nach einem Abstecher nach Zagora in die kleine Stadt Taroudannt. Dort gab es ein Café, in dem den ganzen Tag lang nur Musik von Pink Floyd lief. Wir lernten zwei Motorradfahrer kennen, einen Deutschen und einen Schweizer namens Samy. Er hatte schon ganz Afrika mit dem Motorrad bereist und kam von Algerien zurück, wo er die Strecke von Djanet bis nach Tamanrasset mit dem anderen Motorradfahrer im Konvoi gefahren war. Er meinte, er wolle einen Artikel in einer Motorradzeitschrift über die Reise verfassen. Wir verstanden uns gut, und ich bewunderte sein technisches Know-How, was Motorräder und Pistenfahrten anging. Er erklärte mir, welche Pisten ich mit meinem Passat eventuell noch befahren könne und empfahl mir, auf einen Geländewagen umzusteigen. „Geh doch ein Jahr lang arbeiten, bis du das nötige Geld zusammen hast. Dann kündigst du den Job, fährst in Urlaub, und wenn du wieder zurückkommst, suchst du dir eine neue Arbeit."

Ich staunte über diese Coolness, aber leider hatte ich nun einmal keine abgeschlossene Berufsausbildung, und mit meinem Studium kam ich nur langsam weiter. Ich muss dazusagen, dass ich auch noch nicht sonderlich viel Energie hatte nach dem vorherigen Krankenhausaufenthalt. Ich war immer müde und verschlief den halben Tag. Ohne meine beiden Mitreisenden hätte ich den Urlaub nie durchgezogen. Das Autofahren in Marokko war ziemlich abenteuerlich. Einmal landete uns ein kleines Mädchen direkt vor den Antriebsrädern. Gottseidank saß Andreas am Steuer. Sofort bildete sich ein kleiner Pulk, aber dem Mädchen war nichts passiert, sonst hätte man uns sicher massakriert. Andreas gab mir zu verstehen, ich solle einsteigen, und so suchten wir das Weite. Wir kamen schließlich nach Marrakesch, wo Andreas und Petra ein Hotelzimmer direkt am Djemna el Fna bezogen. Auf der Dachterrasse legte Petra die Hüllen ab, und jetzt tat es mir doch leid, dass ich sie so wenig beachtet hatte. Aber sie hatte Haare auf den Zähnen, und wir wären wohl nie miteinander klargekommen.

Wir kamen auch nach Essaouira und Agadir, und auf dem Rückweg machten wir nochmals in Meknes Station. Meine beiden Mitreisenden wollten weiter nach Fes, aber das war nicht in meinem Sinne, da ich mit den Touristenfängern in dieser Stadt schlechte Erfahrungen gemacht hatte. Wir kamen überein, dass ich mit dem Auto in Meknes bleiben sollte und die beiden später in Fes am Bab Boujeloud abholen sollte. In Meknes traf ich Samy wieder, er erzählte mir, dass er gerade die Kette an seinem Motorrad abgenommen und gereinigt hatte und lud mich zum Rühreiessen ein.

Am Abend saß ich mit zwei anderen Touristen aus Kanada am Lagerfeuer. Er war ein Schweißer aus Québec, sie eine Gärtnerin. Im Sommer verdienten sie sich ihr Geld mit dem Bäumepflanzen in Kanada. Ihren VW-Bus hatten sie in London abgestellt, bis ihre Bekannten moserten, der Bus müsse da weg. Sie kamen aus Algerien, wo sie versucht hatten, über die Transsaharienne nach Niger zu kommen. Aber der Grenzübergang war gesperrt, so dass sie mit weiteren Touristen versuchen wollten, im Konvoi durch die Westsahara nach Mauretanien einzureisen. Wir tauschten unsere Erfahrungen über die Marokkaner aus. „They hassle you", meinte der Kanadier, und erzählte, wie die Araber am Grenzübergang versucht hatten, Teile aus seinem Gepäck abzustauben. „My brother had a gun with him when he went to Algeria", erzählte er. Der Grenzer habe wissen wollen, was er damit vorhatte. Da stellte sein Bruder ein paar Flaschen in den Sand und fing an, drauflos zu ballern. Der Grenzer machte mit, und so durfte er die Waffe tatsächlich nach Algerien einführen. Die Kanadierin zollte mir Achtung, dass ich trotz meiner psychischen Störung so einen anstrengenden Urlaub in Angriff nahm. Sie erzählte, ihr Bruder daheim in Québec sei in der

Psychiatrie gelandet und käme dort auch nicht mehr weg. Da sei es schön, jemanden zu treffen, der trotz Psychose und Medikamenten so eine weite Reise unternehme. Ihr Freund riet mir, mich näher mit Motorentechnik auseinanderzusetzen, wenn ich tiefer in die Sahara vordringen wolle. So ging die Nacht herum, und am frühen Morgen legten wir uns pennen, nachdem wir das Feuer gelöscht hatte.

Samy fuhr weiter in Richtung Norden, der Heimat entgegen, und ich packte schließlich meine Siebensachen zusammen, um Petra und Andreas in Fes abzuholen. Alleine hätte ich das Bab Boujeloud nie gefunden, aber ich gabelte einen Marokkaner auf, der ein Stück mitfuhr und mir den Weg zeigte. Petra zeigte mir ihr Hotelzimmer und meinte, ich könne dort noch eine Mütze Schlaf nehmen, solange sie in der Stadt Besorgungen machte. Sie kaufte viel Schmuck und viele Souvenirs, die sie in Deutschland wieder an ihre Bekannten verkaufen wollte. Ich war mir ziemlich sicher, dass die beiden auch eine Menge Dope dabei hatten, aber darüber wurde nach meinem ersten Wutanfall nicht mehr geredet.

So verging die Zeit, und die Semesterferien neigten sich dem Ende zu. Wir machten uns auf den Rückweg und wollten uns in Ceuta einschiffen. An der Grenze zu Spanien gerieten wir an einen rigorosen Grenzbeamten. Wir mussten alles Gepäck ausladen, und er fing an, unser Auto auseinanderzubauen. Er deutete auf den Berg mit dem Gepäck und fragte mich: „Ist das Ihre Tasche?"

Ich bejahte. Er hakte nach: „Haben Sie Rauschgift dabei?"

„Nein, natürlich nicht."

Das war ihm nicht genug. „Haben Sie Rauschgift dabei?"

„Nein, ich sagte es doch schon."

Er hatte offenbar beschlossen, mich einzuschüchtern. „Haben Sie Rauschgift dabei?"

Am liebsten hätte ich seine Frage bejaht, nur um endlich meine Ruhe zu haben. Aber wir hatten kein Dope dabei. Oder hatte Andreas etwas in meinem Gepäck deponiert? Er nahm den Grenzer beiseite und sprach ein paar Worte mit ihm; keine Ahnung, wie er es schließlich schaffte, ihn zu bestechen, aber er winkte uns durch. In Spanien und am Hafen schließlich das gleiche Schauspiel: Als Drogenhunde abgerichtete Cockerspaniels durchschnüffelten alle Kofferräume. Wir erreichten die Fähre und schifften uns nach Malaga ein. Es war schon mitten in der Nacht, und wir hatten bei einigen Drückern an der Grenze einen Batzen Geld für die Überfahrt gewechselt. Auf der Fähre war es schwierig, einen Platz zum Schlafen zu finden. Petra und Andreas breiteten schließlich in dem Winkel unter einer Treppe ihre Schlafsäcke aus, ich selbst fand einen Platz auf dem Durchgang zum Deck. Die anderen Passagiere versuchten in den Schlafsitzen ein bisschen Entspannung zu finden. So ging die Nacht herum.

In Malaga machten wir uns auf den Rückweg über die Autobahn. Nach stundenlanger Fahrt ließen wir Spanien hinter uns und quartierten uns noch einmal in der geschlossenen Jugendherberge von Mèze für eine Nacht ein. Petra hatte das Auto auf dem Rasen vor dem Eingang geparkt. Am anderen Morgen hatte keiner von uns Lust, das Auto auf der schmalen Einfahrt zurückzusetzen. Andreas erbarmte sich schließlich. Wir luden das Gepäck wieder ein und setzten ungehindert unsere Reise fort. Von Nîmes aus dauerte es schließlich noch einmal elf Stunden zurück bis nach Köln. Ich war froh, dass meine

Mitreisenden mich nicht im Stich gelassen hatten und dachte, dass ich ohne sie die Tour nie heil überstanden hätte. Ich hatte zu wenig Fahrpraxis und war immer übermüdet, und wir hatten ja schließlich Tausende von Kilometern zurückgelegt.

Zu Hause angekommen, setzte ich Petra und Andreas in der Innenstadt ab und parkte das Auto am Westbahnhof. Jetzt wurde mir schmerzhaft bewusst, dass ich keine Wohnung mehr hatte. Ich musste in der alten Elternwohnung bei Hanna und Iris absteigen. Das gab schnell Streit. Ich bewarb mich bei mehreren Kölner Studentenwohnheimen, aber zunächst war alles belegt. Nach zwei Wochen, die ich im elterlichen Wohnzimmer verbracht hatte, hatte ich den Ärger mit meiner Schwester satt, packte kurzerhand ein paar Sachen zusammen und verschwand wieder in Richtung Süden. Die Strecke nach Südfrankreich kannte ich ja inzwischen auswendig, aber zum Zelten war es immer noch recht kühl, und der Kofferraum des Autos war zu klein für mich. Zudem hatte der Passat keine Standheizung eingebaut. Ich verbrachte noch ein paar Tage in Aix und Cassis und fuhr dann weiter in die Camargue. Die Landschaft war topfeben, und es pfiff ein scharfer Wind. Auf dem Campingplatz von Palavas traf ich eine Sippe von Zigeunern, die sich hier für das Frühjahr einquartiert hatten. Wovon sie lebten, war mir schleierhaft, aber sie waren sehr freundlich zu mir. „Jesus vous aime, monsieur", sagte eine Zigeunerin zu mir. Auch in der Camargue hielt es mich nicht lange, und ich machte mich auf den Weg nach Bordeaux, wo ich meine Freundin Bianka wiedertreffen wollte.

Bianka hatte in der Zwischenzeit eine Ausbildung zur Europasekretärin abgeschlossen und war mit einer Freundin nach Bordeaux gezogen. Ich quartierte mich für zwei Wochen bei ihr ein und überlegte, wie es weitergehen sollte. Gleich am ersten Tag lag ich morgens bei offenem Fenster im Bett und schaffte es nicht, in Gang zu kommen. Draußen war auf einmal ein Riesenlärm, aber ich war zu faul, um aus dem Fenster zu gucken. Am frühen Nachmittag streckte ich dann meine Nase an die frische Luft und bemerkte, dass mein Auto weg war. Auf der Polizeiwache teilte mir ein Gendarm mit, der Passat sei abgeschleppt worden. Es gab eine Regelung, wonach die Autos alle vierzehn Tage die Straßenseite zum Parken wechseln mussten. Alle hatten das Auto über Nacht umgeparkt, nur ich hatte es versäumt, und so hatten sie den Passat einfach einkassiert. Ich fuhr zum Abschleppplatz und zahlte mich dumm und dämlich, bis ich den Passat – diesmal auf der richtigen Straßenseite – wieder vor dem Haus parken konnte. Aber das Glück war nicht auf meiner Seite, denn am nächsten Tag musste ich feststellen, dass ein paar Jugendliche das Seitenfenster eingeschlagen hatten und das Autoradio gestohlen hatten. Ich lud den ganzen Kofferraum leer und stellte die Sachen in Biankas Keller ab.

Während der ganzen Zeit überlegte ich, was ich wohl als Nächstes unternehmen könnte. Erst plante ich, einen Flug nach Kalifornien zu buchen. Dann warf ich diesen Plan über den Haufen und wurde beim algerischen Generalkonsulat vorstellig, um ein Visum nach Algerien zu beantragen. Bei einem Autohändler erstand ich zwei verrostete Sandbleche und in einem Baumarkt eine große Schaufel. Reservekanister und Ersatzreifen hatte ich schon besorgt. In der Zeitung schrieben die Berichterstatter, das Militär hätte in Algerien geputscht, aber das konnte mich nicht von meinen Plänen abhalten. Sowie ich das Visum hatte, verabschiedete ich mich von Bianka und machte mich auf den Weg.

Aber kaum hatte ich die ersten hundert Kilometer zurückgelegt, geschah ein folgenschweres Missgeschick. Beim Hantieren mit meinem Walkman verriss ich das Lenkrad und segelte über die Leitplanke, flog fünf Meter durch die Luft und landete wieder auf der Straße, wobei der vordere Stabilisator und die Hinterachse daran glauben mussten. Auch die Reifen waren platt, aber mir selbst war nichts passiert. Ein entgegenkommender Autofahrer bestellte den Abschleppdienst, der schon nach zwanzig Minuten zur Stelle war. Ich saß fest in einem kleinen Dorf mitten im Wald, der sich in alle Himmelsrichtungen erstreckte. Captieux nannte sich der kleine Ort, in dem es außer drei Autowerkstätten und zwei Hotels nichts gab, was irgendwie sehenswert gewesen wäre. Ich fragte das Mädchen an der Rezeption, was man denn dort unternehmen könnte, und sie empfahl mir, im Wald spazieren zu gehen. Das machte ich dann auch, aber es besserte meine Laune nicht.

Ich rief zu Hause an und erfuhr, dass ich ein Zimmer im Studentenwohnheim Rodenkirchen beziehen könnte. Meine Mutter legte mir nahe, den Urlaub abzubrechen und heimzukehren. Ich überlegte zwei Tage lang, was ich machen sollte und stimmte dann zu. Es war schon ein erheblich besseres Gefühl, wenn man ein Dach über dem Kopf hatte, und die Tour nach Algerien konnte ich – so dachte ich – sicher noch ein anderes Mal realisieren. Ich bezahlte den Mechaniker mit ADAC-Auslandschecks und machte mich auf den Heimweg. Dabei war ich noch keine fünfzig Kilometer weit gekommen, als der Wagen die nächste Panne hatte. Ein Kühlwasserschlauch war geplatzt. Der Abschleppdienst kam und brachte mich zur nächsten

Werkstatt. Dort hatten sie das Ersatzteil nicht vorrätig, so dass der Chef kurzerhand den Kühlwasserschlauch aus einem alten Golf rupfte, der dort ebenfalls zur Reparatur stand, und ihn an meinem Motor montierte. Die ganze Reparatur dauerte nicht länger als eine halbe Stunde, und bald war ich wieder unterwegs auf der Autobahn. Bis spät in der Nacht jagte ich über die Autoroute du Soleil und übernachtete dann im Hotel Isardrôme, als die Müdigkeit mich übermannte. Das Hotel war ziemlich teuer, aber es war mir egal. Am nächsten Morgen legte ich dann den Rest der Strecke bis nach Köln zurück und parkte den Passat in der Friesenstraße vor meinem Elternhaus.

Ich wurde beim Kölner Studentenwerk vorstellig und regelte die Formalitäten wegen des Wohnheimzimmers. Es war ein Eckzimmer mit 12 Quadratmetern und Balkon, Dusche und Toilette auf dem Flur. Das Wohnheim lag in Rodenkirchen, nicht zu weit von der Fachhochschule entfernt. Meine Schwester half mir beim Renovieren. Dann igelte ich mich wochenlang ein, schlief bis nachmittags um 13 Uhr und stand erst auf, als der Hunger sich meldete. Zunächst lernte ich niemanden kennen, nur mit einem Schwarzen aus Mosambik, der dort illegal wohnte, freundete ich mich an. Er arbeitete nachts am Flughafen, schleppte dort die ganze Nacht Postsäcke für United Parcel. Sein Tagesablauf? „Essen, duschen, ficken, schlafen, arbeiten", gab er mir zu verstehen. Viel mehr Deutsch konnte er auch nicht, obwohl er stets beteuerte: „Isch bin ene kölsche Jung."

Ich schwänzte die Vorlesungen und machte keinen einzigen Schein. Statt zur Fachhochschule zu gehen, begann ich ein vierwöchiges Praktikum in einer Autowerkstatt. Dort lernte ich die ersten einfachen Handgriffe, Ölwechsel, Bremsen reparieren und Auspuff erneuern. Der Lehrling zeigte mir sogar, wie man Autos knacken konnte, aber erst, als ich erklärte, der Meister hätte mir das erlaubt. Einmal wechselten wir an einem Golf den Motor, und ich musste den Hebekran ablassen, damit die anderen das schwere Aggregat mit vereinten Kräften montieren konnten. „Und was machst du, wenn du das einmal an deinem eigenen Fahrzeug machen musst", wollte der Lehrling wissen.

„Ach, dafür habe ich ja meine Neger", gab ich zur Auskunft. Als die vier Wochen verstrichen waren, suchte ich eine andere Autowerkstatt in Sürth auf und absolvierte ein zweites Praktikum. Es gab nicht viel zu tun, und in der Pause trank ich einen Kaffee und blätterte in alten Pornozeitschriften, die dort en masse herumlagen. Einmal klaute ich dem Chef eine Zigarette und rauchte diese nach Feierabend daheim in meinem Zimmer. Es war die erste Zigarette, die ich je in den Fingern hatte. Ich überlegte hin und her, ob ich das Studium abbrechen sollte, um eine Ausbildung als KFZ-Mechaniker zu machen, aber ich entschloss mich dann, noch damit zu warten und zum Wintersemester wieder ein paar Scheine zu machen. Im Sommer unternahm ich eine Wanderung am Rheintal entlang bis nach Koblenz, und wenig später besuchte ich einen Freund in Berlin, der mir allerdings aus einem nicht ersichtlichen Grunde die Freundschaft kündigte.

Ich ging weiterhin zu einem Neurologen in Lindenthal, der mir Fluanxol-Spritzen verordnete. Irgendwann erklärte ich ihm, ich wolle das Medikament nicht weiterhin nehmen, so könne ich das Studium nie zu Ende bringen. Er willigte ein und verordnete mir Dogmatil Forte, meinte aber, dieses Medikament würde mich nicht so gut gegen die Psychose schützen wie das Fluanxol. Ich nahm das in Kauf und war nun deutlich weniger müde.

Nach einem halben Jahr lernte ich eine Studentin kennen, die bei mir auf dem Flur wohnte. Sie hieß Claudia und studierte an der Fachhochschule Sozialarbeit. Ich war nach einer Woche haushoch verliebt, aber als ich erfuhr, dass sie einen Freund in Erkelenz hatte, schlug die Stimmung in Eifersucht um. In Wahrheit hatte sie an jedem Finger einen, da passte ich als flüchtige Bekanntschaft noch in den Rahmen. Ich hatte nicht viel Ahnung von Frauen, und obwohl wir zunächst viel Spaß miteinander hatten, fühlte sie sich bald belästigt. Sie gab ihrem Freund einen Korb und suchte sich dann einen anderen Studenten, mit dem sie in eine Wohngemeinschaft nach Lindenthal zog.

Mit der Zeit schloss ich einige Bekanntschaften in dem Wohnheim. Es gab dort eine Teestube und eine kleine Bar, die von Studenten betrieben wurden und wo man für wenig Geld mal ein Bierchen trinken konnte. Da ich ohnehin wenig zu tun hatte, fragte ich Rachid, der die Teestube leitete, ob ich nicht bei ihm in das Team einsteigen könnte. Er überlegte es sich und sagte dann zu. Und so stand ich bald ein- oder zweimal in der Woche hinter dem Tresen der Teestube und schenkte Bier und Getränke aus. Das bedeutete eine Umstellung in meinen Gewohnheiten, und so war ich bald bis drei Uhr nachts auf den Beinen, um schließlich am anderen Tag bis in die Puppen im Bett zu liegen. Mein Studium litt sehr darunter, aber dafür hatte ich viel Spaß mit den Säufern und Stammgästen. Bald kannte ich jeden, der in dem Wohnheim wohnte, und wenn sie erst einmal losgelegt hatten mit der Zecherei, erfuhr ich die abenteuerlichsten Geschichten. Dreimal im Semester gab es auch eine große Fete, und wir drehten die Musik auf, dass man es noch an der nahe gelegenen Haltestelle hören konnte. Natürlich kam ab und zu auch die Polizei vorbei, aber gegen den Lärm waren sie machtlos. Wir strapazierten die Verstärker, bis sie vor Hitze glühten, und es geschah des Öfteren, dass auch die Boxen durchknallten. Leider war ich nach durchzechter Nacht der Einzige, der noch nicht vollständig betrunken war, und so war es meine Aufgabe, die Stereoanlage und die CDs in Sicherheit zu bringen, bevor die Diebe frühmorgens auf der Matte standen. Die anderen verschwanden währenddessen in Pärchen auf den Zimmern. Einer der Bewohner machte sich einen Spaß daraus, mit dem Fernglas das Treiben zu beobachten, und er versicherte: „Morgens um Sechs ist hier die Hölle los."

Ich begann einen Job beim WDR in der Poststelle und verteilte zweimal die Woche im Funkhaus die Post. Ich hatte dort eine nette Kollegin, die an der Pädagogischen Hochschule auf Lehramt studierte, aber es gab auch einen Kotzbrocken, der mich morgens mit den Worten begrüßte: „Leg dich auf den Tisch, wir wollen dich beschneiden."

Auch den Job machte ich bei jeder Gelegenheit blau, um ein paar Tage in Cassis zu verbringen. Dann lernte ich eine junge Französin namens Sylvie kennen. Sie kam aus Mâcon, und das lag auf dem Weg nach Südfrankreich. Bald kannte ich jeden Kilometer der Autobahnstrecke auswendig. Sylvie war froh, dass sie einen Chauffeur gefunden hatte, und ich nahm es ihr auch nicht übel, dass sie sich in Köln einen Latin Lover suchte, den sie schließlich heiraten wollte. Er hieß Paco und kam aus Peru. Es kursierte ein Gerücht, er solle für den Geheimdienst arbeiten, aber Sylvie wollte mir das nicht abkaufen. Stattdessen entschloss sie sich, den Peruaner zu heiraten. Die Situation komplizierte sich, als Pacos Freundin aus Peru mitsamt einem fünfjährigen Kind nach Köln kam. Paco hatte schließlich drei Zimmer im Wohnheim zur Untermiete belegt sowie ein weiteres Appartement in der Moltkestraße. Sylvie ging nach einem Jahr zurück an die

Uni in Aix-en-Provence, kam aber andauernd nach Köln, um Paco zu sehen. Es wimmelte in Köln mittlerweile von peruanischen Bekannten und Verwandten von Paco, die sich dort illegal durchmogelten. Ich war so naiv, mich als Trauzeuge anzubieten und kutschierte Sylvie und Paco im Auto – das sie gerade erst am Alten Hafen von Marseille geknackt hatten – von Südfrankreich aus zurück nach Köln. Sylvie fand eine andere alte Bekannte, die sich als Trauzeugin zur Verfügung stellte, und so kam Sylvie tatsächlich unter die Haube. Ich brach einige Zeit später den Kontakt zu ihr ab und wusste nicht mehr, was sie so trieb, aber es konnte nichts Gutes sein, denn Paco nutzte sie nach Strich und Faden aus und trieb dunkle Geschäfte, von Schwarzarbeit bis hin zum Drogenschmuggel. Ich hatte versucht, Sylvie zu helfen, aber es war mir nicht gelungen, und des Menschen Wille ist sein Himmelreich.

Und immer noch träumte ich meinen Traum von einer Sahara-Durchquerung auf eigene Faust. Ich raffte meine letzten finanziellen Reserven zusammen und erstand für viel Geld einen Toyota Landcruiser. In dem Studentenwohnheim wunderten sich alle, wie ich mir so ein teures Auto leisten konnte. Wenn ich gut gelaunt war, gab ich lapidar zur Auskunft, ich hätte ihn von der Lebensversicherung meines Vaters finanziert. Ich dachte mir, man ist nur einmal jung, und so eine Chance würde sich so schnell nicht wieder bieten. Leider spielte aber die Gesundheit nicht mit. Ich versuchte mehrmals, meine Psychopharmaka abzusetzen, konsultierte einen Homöopathen, der mir davon abriet, die Neuroleptika zu nehmen. Stattdessen solle ich es mir Naturheilmitteln versuchen. Ich ließ mich auf das Experiment ein, und es ging grausam daneben. Sicher, ich hatte die Nase voll von den Medikamenten, die mich dick, träge und müde machten. Aber es gab keine Alternative. Dies begriff ich aber erst viel später.

Wenn man die Psychopharmaka absetzt, macht sich die Krankheit nicht sofort bemerkbar. Man bekommt zunächst einen Höhenflug, denkt, man könne alles machen und schaffen, hat plötzlich wieder Energie. Dieses Gefühl dauert einige Wochen lang. In der Regel kippt aber nach spätestens sechs Wochen die Stimmung um, die Psychose nimmt einen in Beschlag, man merkt das erst gar nicht, so schleichend ist die Veränderung. Ab einem bestimmten Punkt kann man dann seine Gefühle und Gedanken nicht mehr kontrollieren, und man ist auf fremde Hilfe angewiesen. Zur Not braucht man einfach jemanden, der die Notbremse zieht und einen in die Klinik einweist.

Meine Mutter war langsam von dieser Aufgabe überfordert, und Heike – die mich öfter in die Klinik fuhr, wenn es not tat – hatte langsam auch die Faxen satt. Ich machte nichts anderes mehr, als die kleine Bar in dem Wohnheim zu schmeißen und ab und zu eine Fete zu organisieren. Bier trank ich auch recht ordentlich. Es ist allgemein bekannt, dass sich Psychopharmaka und Alkohol nicht miteinander vertragen. Es kann zu unvorhersehbaren Wechselwirkungen kommen, und die nächste Psychose ist vorprogrammiert. So nahm dann das Übel seinen Lauf.

Ich rettete mich von Woche zu Woche, um nicht ins Kuckucksnest zu fliegen. Aber nach unserem Sommerfest im Juni 1994 war es soweit. Durch die großangelegte Fete hatte ich ein enormes Schlafdefizit. Am dritten Tag ohne Schlaf schlug mir ein Kumpel vor, doch zu einer Party nach Aachen zu fahren. Er deutete auf den Kofferraum meines Landcruisers und lud die anderen ein, sich auf die Ladefläche zu kauern. Das ärgerte mich ziemlich, und ich lehnte den Vorschlag ab. Ich knallte den Kofferraum zu und zog mich auf mein Zimmer zurück. Die Nacht brach herein, ich hielt es nicht mehr in dem Wohnheim aus. Ich fuhr in die Stadt und schaute in einer Diskothek vorbei. Den Landcruiser hatte ich auf dem Busstreifen geparkt. Plötzlich packte mich aus einem nicht ersichtlichen Grund die Panik. Ich rannte zur nächsten Telefonzelle, wählte Sylvies Nummer. Niemand war daheim. Ich beruhigte mich etwas, tippte wahllos Telefonnummern in den Apparat, resignierte dann. Ich bildete mir ein, Sylvie wäre kurz vor dem Suizid, und ich müsse ihr helfen. Ich raste mit dem Auto zur nächsten Tankstelle, füllte den Tank, machte mich ohne jedes Gepäck auf den Weg nach Südfrankreich. In Bad Neuenahr-Ahrweiler war die Fahrt zu Ende. Ich parkte den Wagen auf dem Standstreifen, klemmte das Gaspedal ein, rief den Pannendienst. Der Pannenhelfer kam auch sofort, wunderte sich über das verlassene Auto und glaubte, ich wolle von einer Brücke springen. Ich erklärte, man habe mir Zucker in den Tank gemischt, aber er glaubte mir kein Wort. „Mit Ihnen stimmt etwas nicht!"

Er fuhr mich zur nahe gelegenen Polizeiwache, und ich erklärte, was mir passiert wäre. Der diensthabende Beamte reichte mir das Telefon, ich rief zu Hause an. Meine Mutter mobilisierte einen Bekannten, und sie wollten mich gegen Morgen abholen. Das Fahrzeug blieb auf dem Polizeiparkplatz, da es hieß, in dem Zustand könne ich nicht Auto fahren. Eigentlich hätte mich die Polizei sofort einweisen müssen, aber sie ließen mich noch einmal laufen, und so drehte ich völlig ab.

Ich kam am frühen Morgen zurück in mein Zimmer, fühlte mich dort aber nicht sicher und strolchte im Wohnheim herum. Mit dem Fahrstuhl fuhr ich die Etagen ab. Plötzlich zog ich aus einem unersichtlichen Grund die Notbremse und fing an, mit der Faust auf das Sekuritglas der Fahrstuhltür einzuschlagen. Die Scherben fielen auf den Flur, und alles war voller Blut. Ich löste die Notbremse, schimpfte dabei vor mich hin, warf dann meine Zimmerschlüssel in den Fahrstuhlschacht. So hatte ich mich nun kunstvoll aus meinem Zimmer ausgesperrt. Ich ging hinunter in den Hof, wo sich der Vater einer Studentin anbot, mich in die Uni-Klinik zu fahren. Nach langem hin und her kam ich dort glücklich an, aber niemand wollte mir helfen. Dann traf ich jedoch die Ärztin, die ich von dem letzten Aufenthalt noch kannte, und sie machte sich ein kurzes Bild von der Lage. Ich fragte sie, ob sie den Eid des Hippokrates geschworen hätte und bat sie, mich auf die linke Wange zu küssen. Das reichte schon aus, und sie steckte mich kurzerhand auf die geschlossene Station. Der diensthabende Arzt nahm meine Personalien auf und schickte mich dann in die Gesprächsgruppe. Dort hielt ich es eine Viertelstunde aus und bat dann, man möge mich auf mein Zimmer bringen und mich am Bett festschnallen, da ich einen Anfall kommen fühlte.

Die Pfleger taten mir den Gefallen, und so lag ich wenig später in der Packung und halluzinierte. Aber dieser Zustand dauerte nur rund eine halbe Stunde, dann ging es mir besser. Ich bekam Neurocyl verabreicht. Mein Kreislauf ging in den Keller, und ich lag nur noch im Bett auf meinem Zimmer. Am anderen Tag rief ich beim Studentenwerk an und entschuldigte mich für das Randalieren. Ich hatte Glück, und die Sachbearbeiterin drückte ein Auge zu. Auf der Geschlossenen war alles anders und fremd. Schon nach wenigen Tagen bekam man einen Koller, wenn man nicht mehr nach draußen konnte. Mit ein bisschen Glück bekam man eine halbe Stunde am Tag Ausgang, wenn man sich gut führte. Ich begann zu rauchen und wehrte mich gegen die Unterbringung. Also leiteten die Ärzte eine Zwangseinweisung ein. Ein Richter kam und machte sich ein Bild von der Lage. Ich kapierte überhaupt nichts mehr, wusste nicht mehr, welches Datum man schrieb, und so hatte er gleich den Eindruck, ich müsse für sechs Wochen auf der Station bleiben. Zu allem Überfluss verknallte ich mich noch in eine Krankenschwester, die mir ein bisschen helfen wollte. Die anderen Patienten gingen die Sache gelassener an, spielten den ganzen Tag Skat und warteten geduldig auf die Mahlzeiten. Nach einigen Tagen bildete ich mir ein, ich werde zu Unrecht festgehalten, und so nahm ich die erste Gelegenheit war, um aus der Station zu türmen. Die Putzfrau hatte die Fenster in die Kippstellung gelegt, und es war ein Einfaches, das Fenster aus der Verankerung zu lösen und durch den Vorgarten stiften zu gehen. Ich schlug mich durch zum Bonner Verteiler, organisierte mir an der Tankstelle ein Stück Pappe und kritzelte „Paris" darauf. Schon nach fünf Minuten fand ich einen jungen Franzosen, der mich mitnehmen wollte. Ich erzählte ihm, ich sei aus der geschlossenen Anstalt ausgebrochen, wobei es ihm sehr mulmig wurde. Er riet mir, niemandem etwas zu erzählen und setzte mich gleich wieder an einer Raststätte ab. Er habe daheim in Paris schon genug Ärger und wolle nicht noch mehr Scherereien bekommen. In Frechen-Nord hatte die Eskapade ein Ende. Meine Kreditkarte war gesperrt, und so rief ich mit den letzten Groschen Heike an, sie möge mich abholen. Spät in der Nacht kam ich zurück in die Uni-Klinik, wo mich die Nachtwache schon erwartete. Der Pfleger wollte mich mit Valium ruhigstellen, aber ich pfefferte das Medikament kurzerhand in die Botanik, als er gerade wegsah.

Nach sechs Wochen auf der geschlossenen Station wechselte ich auf die Offene. Meine Kumpels aus

Rodenkirchen kamen mich besuchen und lachten sich kaputt über die Gestalten, die sich auf der Station tummelten. Auf der offenen Station war alles erträglicher, man hatte zweimal am Tag Ausgang, konnte Einkaufen gehen oder am Kiosk eine Bockwurst essen. Ich nahm an einer Seroquel-Studie teil, aber das Seroquel schlug bei mir nicht an, und so bekam ich weiterhin Fluanxol verordnet. Nach zwei weiteren Wochen war es dann so weit: Ich wurde entlassen. Ich war völlig zu, vollgepumpt mit Valium und Fluanxol, aber ich hatte nur eines im Sinn, als ich in meine Studentenbude zurückkonnte: Ausbüxen nach Marokko!

Fünftes Kapitel

Kaum war ich aus der Klapsmühle entlassen, nahm ich die nächste Tour in Angriff. Ich fuhr extra nach Giessen und erstand in einem Spezialgeschäft einen Hi-Lift-Wagenheber, ein Iglu-Zelt und verschiedenes Zubehör, unter anderem eine Aluminiumkiste von Zarges, die im Kofferraum festgeschraubt wurde. Der Hi-Lift fand seinen Platz quer vor der Stoßstange, die Sandbleche und Benzinkanister packte ich auf den Dachgepäckträger. Das Fahrzeug war völlig überladen von dem vielen Werkzeug, der Campingausrüstung und den Ersatzteilen. Ich peilte einen dreimonatigen Urlaub an und wollte Weihnachten zurückkommen nach Köln. Als ich alle Vorbereitungen getroffen hatte, setzte ich mich ans Steuer, las noch einen Mitfahrer bei der Mitfahrzentrale am Bahnhof auf und machte mich auf den Weg nach Paris. Ich führte ein Reisetagebuch und wollte mir viel Zeit nehmen für die Reise nach Marokko. Zunächst machte ich an einem Campingplatz bei Versailles halt. Ich fuhr zum Friedhof Père Lachaise und besichtigte das Grab von Jim Morrison. Dann machte ich Station beim Institut Géographique National und erstand mehrere Detailkarten vom Süden Marokkos. Ich besuchte eine junge Französin, die ich von einem vorherigen Aufenthalt kannte. Aber auch das konnte mich nicht halten, und ich fuhr weiter nach Dijon, wo ich eine ausgiebige Weinprobe einlegte. Ich traf zwei junge Kanadierinnen aus Québec, die mich misstrauisch beäugten. Es war schon kalt für die Jahreszeit, und ich lieh den beiden eine Isomatte, damit sie nachts nicht so froren.

Die anderen Camper wunderten sich über mich, wie ich morgens eine Riesenkanne Kaffee kochte und dann stundenlang auf der mechanischen Schreibmaschine herumhackte. Es begann zu regnen, und ich spannte über den Campingtisch eine Plane, damit ich im Trockenen saß. Weiter ging der Weg nach Mâcon, wo ich Sylvies Vater besuchte und ihm über die Machenschaften seiner Tochter reinen Wein einschenkte. Er hätte es wohl lieber gesehen, wenn Sylvie sich mit mir zusammengetan hätte, aber es war schließlich Sylvies eigene Entscheidung. Ihr Vater hatte jahrelang Probleme mit Alkoholismus gehabt, war aber seit einigen Jahren trocken und lebte mit seiner Freundin und zwei Hunden in einem HLM in Mâcon. Er meinte, ich könnte vielleicht einmal auf seine Hunde aufpassen, wenn er in Urlaub fahren wollte, aber ich war davon nicht so richtig überzeugt, schließlich hatte ich mit Sylvie Schluss gemacht.

Über Lyon fuhr ich weiter nach Marseille und Cassis. In Marseille besichtigte ich das Araberviertel am Cours Belsunce und die Kirche Notre Dame de la Garde sowie den alten Hafen. In der Jugendherberge von Cassis traf ich meine alten Freunde wieder, die mein Projekt argwöhnisch kommentierten. „Wahrscheinlich knallen sie dich in Nordafrika über den Haufen, und du kommst nie wieder zurück", war die allgemeine Meinung. Diese kritischen Bemerkungen konnten mich nicht aufhalten, und so fuhr ich weiter über Sète – wo ich das Grab von Georges Brassens besichtigte – nach Barcelona. Auf den Ramblas quatschte mich ein Homosexueller an. Ich trank mit ihm einen Kaffee, so elend fühlte ich mich – alleine, ohne Gesellschaft, seit sechs Wochen auf Achse. Zudem hatte ich das Fluanxol wieder abgesetzt, da es mich so müde machte und ich am Steuer einen klaren Kopf haben wollte.

Ab und zu nahm ich noch eine Pille, wenn es nicht mehr ging. In Manresa besuchte ich eine Freundin, die ich aus Köln kannte. Sie wohnte in einem winzigen Zimmer mit ihren Geschwistern und den Eltern in der gleichen Wohnung. Kein Wunder, dass sie sich in Köln wohler gefühlt hatte. Kurzerhand pappte sie einen Aufkleber mit der Aufschrift „CAT" – für „Cataluña libre" an mein Auto, was mir die spanische Polizei stark übelnehmen sollte. Aber zunächst ging es weiter über Zaragoza nach Madrid. In Madrid bezog ich Quartier auf einem schäbigen Campingplatz und baute mein Zelt im Nieselregen auf. Ich lernte ein dänisches Pärchen kennen, das mit dem VW-Bus und Kind ein halbes Jahr durch Südeuropa tingeln wollte. Ich hatte eine Kontaktadresse in der Calle Extremadura, aber die deutsche Studentin, die dort wohnte, wollte nichts von mir und meinem Campingurlaub wissen und ließ mich grausam links liegen. Nachdem ich eine Woche auf dem Campingplatz auf sie gewartet hatte, knickte ich ein. Mir war klar, dass ich es nicht bis Marokko schaffen würde. Ich hatte Halluzinationen und litt unter Schlaflosigkeit. Unter Tränen beschloss ich, wieder umzukehren. Ich nahm die Tabletten wieder regelmäßig und machte mich auf den Heimweg. Den darauffolgenden Tag verbrachte ich in einem Motel irgendwo an der Autobahn. Eine Sicherung brannte durch, und der Blinker funktionierte nicht mehr. Ich ersetzte die Sicherung; sonst hatte der Landcruiser mich nie im Stich gelassen. Ich schämte mich sehr, weil ich allen Freunden erzählt hatte, ich wolle bis nach Marrakesch vorstoßen. Hätte ich nur ein bisschen mehr Gesellschaft auf meiner Reise gehabt, dann wäre mir das vielleicht auch gelungen. Ich fuhr zurück über Aix-en-Provence, wo ich noch Gepäck liegen hatte, und nahm den Weg über die Autobahn nach Deutschland zurück. Zu Hause erwarteten mich meine Kumpels. Mein Freund Thomas hatte die Schlüssel für mein Zimmer und hatte dort kurzerhand einen kurdischen Studenten einquartiert. Die Bettwäsche war reichlich verschmutzt, aber ich beschwerte mich nicht. Ich lud das Gepäck ab und erholte mich erst einmal eine Woche lang.

Thomas und Kurt wollten alles wissen über meine Tour, und als ich mich wieder ein bisschen eingelebt hatte, öffnete ich auch wieder die Bar und schenkte dort Bier aus. Dann beschlossen wir, ein halbes Jahr lang ordentlich einen draufzumachen. Jeden Abend hingen wir in der Bar herum, und wenn es längst dunkel war, kletterten wir in den Landcruiser und fuhren zur Zülpicher Straße. Meist tranken wir erst ein, zwei Bier im Peppermint, gingen dann weiter in den Stiefel und schließlich in das MTC oder ins Luxor. Wenn die Nacht fortgeschritten war, traf man uns auch schon mal im Venusceller oder im Roxy. Nach und nach zeigte mir Thomas alle Kneipen der Stadt. Er war Alkoholiker. Ich hob auch schon mal dann und wann einen, aber meistens trank ich nichts, da ich ja im Auto wieder zurückfahren wollte. Kurt war ein gut aussehender Blonder, der Versicherungswesen studierte und bei den Frauen gut ankam. Ich schaute auch ab und an mal nach den Frauen, aber es wollte sich nichts ergeben. Ein Zechkumpan gab mir einmal zu verstehen: „Siehst du nicht die beiden Mädchen da drüben? Sie haben dich gefragt, ob du sie nach Hause fährst, und du schnauzt sie noch an? Merkst du überhaupt noch, was hier los ist?"

Thomas übte ähnliche Kritik. „Red doch mal ein bisschen mit den Frauen, statt den ganzen Abend nur über einem Bier zu brüten. Sieh mal, wir machen es doch ganz anders." Er vermittelte mir auch einen Job, und bald darauf schob ich dreimal die Woche Rollcontainer in die Lkws bei einer Spedition. Glücklicherweise hatte ich Spätschicht, sonst hätte ich das nie geschafft. Wir erkundeten auch das Underground und das Sixpack sowie das Tuba und das Ding. Dann erforschten wir die Kneipen in der Südstadt. Karneval kam, und das Bier floss in Strömen. Kurt drängte sich durch die Menge, um zu sehen, wie der Nubbel verbrannt wurde, und meinte später zu uns: „Diese eine Woche Karneval hat mich Jahre meines Lebens gekostet."

Thomas rauchte auch gerne mal einen Joint oder nahm Valium und LSD. Bei jeder Gelegenheit erklärte er: „Ich bedroge mich für mein Leben gerne." Im Stiefel trafen wir die Kollegen aus der Spedition; alle liefen in weißen Nylonhemden herum, die sie im Warenlager mitgehenlassen hatten. Sie klauten wie die Raben: Mikrowellen, Spirituosen, Lebensmittel und Bekleidung, nichts war vor ihnen sicher. Einer baute sich jedesmal eine Burg aus Rollcontainern, um vor der Kamera unsichtbar zu sein, und klaubte dann Dosenwürstchen aus der Ladung, um sich ordentlich die Wampe vollzuschlagen.

Im Laufe des durchzechten Semesters erzählte mir Thomas Geschichten aus seiner Vergangenheit. Als er 18 Jahre alt war, setzte ihn sein Vater eines Nachts auf die Straße. Er fuhr mit dem Auto davon und lebte einige Wochen im Wald, bevor er eine Freundin fand, die ihm ein Zimmer in einer WG vermittelte. Er hatte viele Frauen, erkundete das abgerissene Nachtleben von Saarbrücken und stieg in den Drogenhandel ein. Irgendwie schaffte er es dann, einen Abschluss als Betriebsschlosser zu machen, besuchte die Höhere Handelsschule und bewarb sich dann um einen Studienplatz an der Fachhochschule Köln. Anfangs verstand ich mich gut mit ihm, aber dann lernte ich sein Schattenseiten kennen. In der Mittagspause, wenn wir die Paletten aufluden, fuchtelte er jedesmal mit seinem

Frühstücksmesser in meinem Rücken herum. Er erzählte wilde Geschichten, er würde sich gerne als Zuhälter betätigen und versicherte alle naslang: „Sylvester 2000 knall ich in New York einen Araber ab."

Und dann – wir waren seit Monaten auf Kneipentour – erzählte er auf dem Rückweg aus der Stadt in meinem Auto, er hätte Christian Klar persönlich gekannt und viel mit ihm zu tun gehabt. Zwei, drei Wochen später erklärte er im Suff, er hätte mit der Entführung von Hans-Martin Schleyer zu tun gehabt. „Du hast ihn umgebracht", bezichtigte ihn einer der Trinker.

„Der Schleyer war ein Arschloch", bemerkte er nur lapidar.

Ich traute meinen Ohren nicht. Sicher, ich war es gewohnt, die abgefahrensten Geschichten zu hören. Aber das ging mir doch eine Nummer zu weit. Ich hatte eine Stinkwut auf die Säufer, die sich auf meine Kosten durch das Studium mogelten. Ich war nur der Depp, der das Bier herankarrte, damit alle ihren Spaß hatten. Auch die Mädchen ließen mich links liegen.

Und so ließ ich den ganzen Laden hochgehen. Sicher war ich auch wieder völlig psychotisch, fühlte mich verfolgt und war nicht in der Lage, auf geordnetem Weg eine Anzeige zu erstatten. Und so schlich ich nur eines Nachmittags zur nahe gelegenen Wache in Sürth und schnaubte in die Gegensprechanlage mit der Kamera: „ZK – bei uns!"

Ich war mir nicht ganz im Klaren, was die Polizei daraufhin unternehmen würde, aber dass sie die Erklärung ernst nahmen, war ersichtlich, denn ich hatte von da an viel mit verdeckten Ermittlern zu tun. Nun hatte ich als Schizophrener auch einen Idiotenbonus und verlor in den kommenden Jahren die ganze Verbrecherbande aus den Augen, aber ich war mir sicher, dass sie ihr Fett kriegten.

Kurze Zeit nach diesem Ereignis schauten zwei Beamte bei mir vorbei und meinten, ich solle mich mit einer Bezugsperson auf der Wache melden. Es kam aber nicht dazu, da zuvor Heike bei mir aufkreuzte und mich kurzerhand ins Alexianer-Krankenhaus fuhr. Da gefiel es mir nicht so richtig, und nachdem zwei Ausbruchsversuche gescheitert waren, krabbelte ich eines Tages durch das Toilettenfenster nach draußen, als man mich zur Beschäftigungstherapie eingeteilt hatte. Ich glaubte, dass die Ärzte mich für immer wegsperren wollten und dass Europa kurz vor dem dritten Weltkrieg stünde, so dass jeder sehen müsse, wo er bleiben könnte. Ich hatte nichts dabei außer meinen Papieren und der Kontokarte.

Ich nahm die erste Straßenbahn zum Hauptbahnhof und setzte mich in den Intercity nach Brüssel. Ich trug zwei T-Shirts übereinander und wechselte das untere nach oben, für den Fall, dass die Polizei eine Beschreibung von mir durchgeben sollte. In Aachen kontrollierte der Bundesgrenzschutz, aber sie ließen mich unbehelligt. In Brüssel stieg ich unweit des Hauptbahnhofs im Hotel Dragon ab. Ich zog mit der Euroscheckkarte einen Batzen Geld und kaufte mir Unterwäsche zum Wechseln in einem nahe gelegenen Einkaufszentrum. Natürlich konnte ich nicht schlafen und war die ganze Nacht wach. Ich hängte mich ans Telefon und versuchte eine ehemalige Kommilitonin von mir zu erreichen, von der ich wusste, dass sie in Brüssel studierte. Aber ich bekam sie nicht an die Strippe.

Mitten in der Nacht fiel mir ein, dass ich gerne weiterfahren würde. Ich ging zur Rezeption, aber dort gab es keinen Nachtportier, und der Haupteingang war abgeschlossen. Kurzerhand klingelte ich den Portier aus dem Bett. Er war stinksauer, ließ sich aber nichts anmerken und knackte mit den Fingergelenken, um seiner Wut Herr zu werden. Mich focht das nicht an, und schon bald darauf saß ich im Zug nach Paris.

Ich fuhr mit der Metro vom Gare du Nord über die Bastille zum Gare de Lyon und nahm den ersten Zug nach Avignon. Neben mir saß eine hübsche Französin namens Virginie. Sie studierte in Paris Jura, hatte aber auch eine Wohnung in Aix-en-Provence. Ich redete die ganze Fahrt lang mit ihr, aber falls sie das befremdete, ließ sich nichts anmerken und flirtete ein bisschen mit mir. In Avignon stieg ich aus und nahm mir ein Hotelzimmer. Im Krankenhaus hatten sie mir Tavor und Valium verabreicht, beides suchterzeugende Mittel, die man natürlich nicht so einfach absetzen konnte. Damit ich etwas zur Ruhe kam, trank ich eine Flasche Rotwein, aber das machte es nur noch schlimmer. Ich hatte auch nicht genug Wäsche zum Wechseln dabei und fror mir in dem T-Shirt, das ich mit der Hand gewaschen hatte, einen ab. Ich war froh, als der Morgen graute und ich weiterfahren konnte.

Auf dem Weg nach Cassis machte ich im Araberviertel von Marseille halt und kleidete mich neu ein. Dann nahm ich den ersten Bus zur Jugendherberge. Ich war völlig durcheinander, und Francis, der in der Herberge aushalf, meinte, ich sollte mich mal hinsetzen, er würde mir einen Tee machen. Er murmelt, „das interessiert mich, was er erzählt", ließ sich seine Verwunderung aber nicht anmerken. Ich redete tagelang an einem Stück, auch nachts war ich nicht still, was alle anderen Gäste aufregte. Beinahe hätte ich eine Abreibung bekommen. Nun hatte ich es mir aber in den Kopf gesetzt, erst nach Köln zurückzukehren, wenn das Psych-KG abgelaufen war, und so versuchte ich

Zeit zu schinden. Der Herbergsvater drückte ein Auge zu und ließ mich weiter in der Herberge wohnen. Vierzehn Tage lang war ich ohne Schlaf, ich meinte schließlich, ich müsse sterben. Ab und zu rief ich bei meiner Mutter zu Hause an, und dann verschickte ich stapelweise schizophrene Briefe an alle möglichen Leute mit der Aufschrift: „Aleman an Booard ey".

Ich hatte Glück, dass mich die Polizei nicht aufgriff und bedauerte nur, dass ich meinen Reisepass nicht dabei hatte, denn zu jener Zeit fand in Tunesien ein Treffen des Sahara-Clubs statt, in den ich kurz zuvor eingetreten war. Aber sicher war es besser so, denn sonst hätte ich Schwierigkeiten ohne Ende bekommen. Und so fuhr ich nach vier Wochen weiter über die Schweiz nach Deutschland zurück. Die Polizei ließ mich in Frieden, ich konnte in meinem Wohnheimzimmer Quartier beziehen. Und so ging der Sommer vorüber, natürlich war ich reichlich psychotisch, da ich alle Medikamente abgesetzt hatte.

Eines Nachmittags bemerkte ich auf dem Hof einige Studenten, die ihre Campingausrüstung in den Wagen packten. Ich fragte, wo es denn hingehen sollte. „Zum Dynamo-Musikfestival in Holland."

Ich war sofort begeistert und entschloss mich, mir das Spektakel auch einmal anzugucken. Ich packte ein Zelt und einen Schlafsack in den Landcruiser und fuhr mit den anderen los. Auf dem Gelände des Festivals brummte der Bär. Ohrenbetäubende Musik rund um die Uhr, Marihuana, Drogen. Jeder ließ sich ein Tattoo machen. Ich versuchte nachts Schlaf zu finden, aber das war völlig unmöglich. Ohne Drogen konnte man das gar nicht aushalten, und so entschloss ich mich am anderen Tag, wieder zurückzufahren. Das stellte sich als relativ schwierig heraus, da noch immer Leute ankamen und das Gelände so voll war, dass man nicht leicht rangieren konnte. Eine junge Kifferin warnte mich noch, dass jemand an meinen Reifen herumgespielt hätte, aber ich nahm das nicht ernst und war zu faul, den Luftdruck zu kontrollieren.

Zu Hause angekommen, suchte ich jemanden, dem ich mein ganzes Elend beichten könnte. Aber niemand war bereit, mir zuzuhören, und so steigerte ich mich immer tiefer in meine Phantasien hinein. Ich setzte mich ins Auto und fuhr einfach drauflos. So gelangte ich bis nach Rastatt, wo die Eltern einer jungen Studentin wohnten, die ich vom Wohnheim her kannte. Aber sie war nicht zu Hause, und so verbrachte ich die Nacht auf einem Stoppelfeld. Am anderen Morgen machte ich mich auf den Rückweg. Am Kreuz Walldorf schmierte ich aus der Kurve. Die Landschaft schien still zu stehen und drehte sich dann um 90 Grad. Der Toyota schlitterte über den Grünstreifen und krachte dann auf die Seite. Ich stellte den Motor ab und kletterte über den Kofferraum nach draußen. An der Fahrerseite hatte ich mir einen kapitalen Blechschaden eingehandelt, und die Windschutzscheibe war gesprungen. Die Polizei kam, nahm den Unfall auf. Der ADAC schleppte den Wagen ab. Ein Taxifahrer brachte mich zum Bahnhof von Heidelberg. Ich beteuerte, ich hätte in der Autobahnschleife nur 40 bis 50 Stundenkilometer auf dem Tachometer gehabt. Er schüttelte nur den Kopf: „So gut fährst du doch nicht Auto, wie du glaubst."

Zu Hause ging ich als Erstes bei Heike vorbei und klagte ihr mein Leid. Sie war froh, dass mir nichts passiert war. Sie fragte mich, ob ich nicht eine Dusche nehmen wollte. Sicher war ich verschwitzt, aber ich schämte mich, da auch ihre beiden Söhne daheim waren. Also wusch ich mir nur das Gesicht und trank dann nur einen Kaffee. Es hielt mich nicht lange bei Heike, aber kaum war ich wieder in meiner Studentenbude, fing ich schon wieder an herumzuspinnen. Ich bildete mir ein, HIV-positiv zu sein und wollte einen Test machen, wusste aber nicht wo und wie. Also landete ich spät abends im Hildegardis-Krankenhaus, erzählte der diensthabenden Ärztin wirre Geschichten von meiner Psychose und dass ich auf der Stelle einen HIV-Test machen wollte. Sie hörte mir eine halbe Stunde lang zu und entschied dann, dass ich wohl reif wäre für eine stationäre Unterbringung. Also bestellte sie einen Krankenwagen; zwei muskelbepackte Sanitäter luden mich ins Auto und fuhren mich ins Alexianer-Krankenhaus. Hier wurde ich in einem Dreibettzimmer untergebracht, zusammen mit einem fahnenflüchtigen Rekruten und einem senilen Alten mit Hodenkrebs. Mitten in der Nacht wurde ich wach, als der Alte versuchte, mir meine Schuhe zu stehlen. Mit war elend zumute, ich dachte, ich müsste sterben. Am nächsten Tag telefonierte ich mit Uli. Ich bat sie, mir Unterwäsche und eine Zahnbürste vorbeizubringen, da ich nichts am Leibe trug als meine verschwitzten Kleider. Aber dann geschah alles anders. Ich bekam Ausgang, und auf dem Weg zur Tankstelle entschied ich mich spontan, einfach abzuhauen. Seltsamerweise ließen die Ärzte mich auch gehen, obwohl schon eine Unterbringung nach Psych-KG beantragt war. In meiner Abwesenheit entschied der zuständige Richter zusammen mit dem Stationsarzt, dass ich schon wieder nach Hause könne, wie mir auch schriftlich mitgeteilt wurde.

Zwischenzeitlich engagierte ich einen befreundeten KFZ-Mechaniker, damit er mich nach Walldorf fuhr, um den Landcruiser abzuholen. Ich prüfte den Luftdruck und stellte fest, dass vorne rechts nur ein Bar auf dem Reifen war. Kein Wunder, dass ich aus der Kurve geflogen war. In der Werkstatt, wo der Toyota stand, bot mir der Meister 2500 Mark für den Unfallwagen, aber ich lehnte ab. Ich hatte noch nicht ganz begriffen, dass es vorbei war, Ende Gelände.

Zu Hause ging die Spinnerei weiter. Ich bildete mir ein, nachts betäubt und vergewaltigt zu werden. Ich rief deshalb auch bei der Polizei an, aber dort meinte der Beamte nur: „Legen Sie sich wieder schlafen." Ich verstand nicht ganz, wie die Eindringlinge in das Zimmer kamen. Mit einem Feuerzeug suchte ich nach der Stelle, wo das Gas ins Zimmer gelangte. Am anderen Tag besorgte ich mir eine ABC-Maske und eine Schreckschusspistole, die ich unter mein Kopfkissen legte. Aber mit dem Atemgerät konnte ich nicht schlafen. Der Verkäufer meinte, ich solle mal zur Feuerwehr gehen und fragen, ob sie dort einen CO_2-Filter für mich übrig hätten. Ich ging tatsächlich zur Feuerwehr, aber dort hätte es beinahe eine Schlägerei gegeben, und ich riskierte eine Anzeige wegen Hausfriedensbruch. Die Polizei kam. Nach einigen Telefonaten erklärten sie mir, ich könne wieder gehen. Ich kaufte ein CB-Funkgerät und einen Bewegungsmelder mit Sirene, aber der funktionierte nicht so, wie ich mir das vorgestellt hatte. Ich redete wirres Zeug in das Walkie-Talkie, doch das brachte mich auch nicht weiter. In meiner Studentenbude fühlte ich mich nicht mehr sicher. Ich schlief nachts im Auto und später dann in unserem Schrebergarten, aber dort war alles nur noch unheimlicher. Den Job in der Spedition hängte ich einfach an den Nagel, kreuzte dort nur noch sporadisch auf, wodurch ich mir später beinahe einen Prozess beim Arbeitsgericht eingehandelt hätte.

Ulrike besorgte mir die nötigen Sachen und fuhr zum Krankenhaus, aber sie fand mich dort nicht vor. Ich erklärte ihr alles, gab ihr das nötige Geld, und wenn sie befremdet war, so ließ sie sich das nicht anmerken. Am anderen Tag war ich in der Stadt unterwegs und stand stundenlang vor einer Ampel herum, wartete darauf, dass ich die Kreuzung überqueren könnte. Ein Verkehrspolizist tauchte auf. Als er mich sah, meinte er: „Nun legen Sie mal einen Zahn zu, sie sind doch noch jung und beweglich!"

Ich bezog das auf meine Psychose und die gegenwärtige Situation und verstand den Ratschlag so, dass ich mich vielleicht besser aus dem Staube machen sollte. Kurzerhand packte ich ein paar Sachen zusammen, warf alle Medikamente in den Müll, setzte noch einen Spruch über das Walkie-Talkie ab und war weg. Ich fuhr in Richtung Nürburgring und kam schließlich bei Saarbrücken über die rettende Grenze. Ich bildete mir ein, dass ich nie wieder nach Deutschland zurückkönnte. Die pausenlosen Einlieferungen hatten mich mürbe gemacht, und ich wollte zunächst versuchen, in Frankreich Fuß zu fassen. Mein erster Weg führte mich natürlich nach Cassis. Dort konnte ich wohnen, aber die Frage war, wie ich zu Geld kommen könnte. Auf dem Arbeitsamt in Marseille erklärte man mir, ich bräuchte nur meinen Pass vorzuweisen, falls ich eine Stelle fände. Aber es gab keine Jobs. Bei der Zeitarbeitsfirma meinte die Sachbearbeiterin, ich müsse jemanden finden, der mir eine Referenz gab, bevor sie mich vermitteln könnte. „Was haben Sie denn bisher so gemacht?"

„Ich bin Student. Ach ja, und dann habe ich eine kleine Bar geführt." Das beeindruckte natürlich überhaupt niemanden, und eine Freundin riet mir, es in Paris zu versuchen, dort fände man am ehesten Jobs. Zuvor versuchte ich noch mein Glück in dem Wintersportort Les Deux Alpes, aber auch dort konnten sie mich nicht vermitteln. In Paris angekommen, suchte ich zunächst eine Unterkunft. In der Jugendherberge konnte ich nicht bleiben, und so meldete ich mich auf eine Anzeige am Schwarzen Brett der Uni. Eine junge Französin erklärte mir, sie sei in ein Appartement in der Rue du Poteau eingezogen und suche einen Mitbewohner. Die Wohnung war sauber und ordentlich, und in meiner Naivität zog ich dort ein, ohne auch nur an einen Mietvertrag zu denken. Die Wohnung war auch teuer. Ich überzog mein Konto ohne Ende, denn ich glaubte, ich käme sowieso nie wieder nach Deutschland zurück. Nach ein paar Tagen begriff ich, dass meine Vermieterin ein Callgirl war, vermutlich hatte sie ihre Pläne mit mir, war jedoch bald verärgert durch meine Schizophrenie. Ich erklärte ihr, falls sie irgendwelche Beschwerden hätte, solle sie sich doch an die Polizei wenden. Das tat sie auch prompt, und so wurde ich mitten in der Nacht mit meinen Siebensachen auf die Straße befördert. Es fehlte nicht viel, und einer der Polizisten hätte noch meinen Reisepass einbehalten. „Maintenant, vous êtes dans la rue."

Als Nächstes suchte ich einen Bauern in der Haute Provence auf, dem ich einmal zwei Wochen lang bei der Aprikosenernte geholfen hatte. Ich sprach mit seiner Frau, aber auch die konnte mir nicht weiterhelfen. In dem nahe gelegenen Dorf fand ich ein Zimmer für die Nacht, und einer der Dorfbewohner witzelte, „voilà – un prostitué mâle". Mir waren die Franzosen langsam zuwider mit ihrem Sarkasmus, aber mir fiel auch nichts ein, wodurch ich meine Situation verbessern könnte. Ich kehrte nach Cassis zurück. Bald war mir klar, dass mein Geld zu Ende ging und ich in Frankreich nichts verdienen konnte. In der Jugendherberge hatten auch bald alle die Nase von mir voll, da ich das Personal beleidigte und die Gäste beim Schlafen störte. Zudem blühte dort der Drogenhandel, und ich hatte einen der Stammgäste in Verdacht, dass er den Stoff an den Reisenden ausprobierte, bevor er ihn verkaufte. Mir war bald klar, dass ich dort auch nicht gesund werden konnte. Aber wohin sollte ich gehen, und was sollte ich machen?

Irgendetwas zog mich magisch weiter nach Süden. Ich glaubte, ich könnte meine Siebensachen verkaufen und von dem Erlös noch einige Zeit in Marokko verbringen, also packte ich eines Morgens alles Gepäck in den Toyota, und nachdem der Herbergsvater mir geraten hatte, „fais vite", sah ich zu, dass ich Land gewann. Zunächst führte mich mein Weg noch einmal nach Sète, und dann ging es über die Grenze nach Spanien. Keiner beachtete mich, als ich über die Grenze nach Spanien zockelte, und so verbrachte ich die erste Nacht in einem Waldstück bei Barcelona auf dem Rücksitz des Toyotas, nicht wissend, dass meine Tage in Freiheit besiegelt waren.

Sechstes Kapitel

Die Straße hatte mich wieder, aber das Idyll war getrübt. Ich begriff nicht mehr so richtig, was um mich herum passierte. Zunächst hielt ich in einem kleinen Ort an der Costa Dorada an und rupfte das ganze Belüftungssystem des Toyotas aus dem Fußraum. Ich glaubte, eine Ratte hätte sich in meinem Auto eingenistet, und ich wollte sie aus dem Heizgebläse verscheuchen. Ich versprühte Insektengift und begann dann auch, mehrere Kondensatoren aus dem Motorraum zu entfernen, da ich sie für Minisender hielt, mittels derer ich abgehört werden sollte. Ich kam bis nach Elche und wollte weiter in Richtung Süden, aber kurz vor Murcia hatte ich dann den totalen Blackout. Auf der Autobahn neben mir fuhr ein Pärchen im VW-Bus, wahrscheinlich wollten sie nach Marokko. Ich glaubte, sie könnten mich bei meinen Selbstgesprächen belauschen, da der ganze Wagen verwanzt wäre. Kurzerhand nahm ich die erste Ausfahrt nach Murcia. An einer Tankstelle hielt ich an und begann den Wagen nun völlig zu ruinieren. Wahllos rupfte ich elektrische Verbindungen auseinander. Besonders der Voltage Regulator hatte es mir angetan. Ich dachte, das Bauteil sei überflüssig und kappte alle Stromkabel. Der Motor begann zu spotzen und zu nageln, und bald verabschiedete sich der Zylinderkopf. Ich klemmte dann alle Kabel wieder an, aber es war zu spät: Der Landcruiser war nur noch Schrott.

Ich wusste nicht, was ich nun tun sollte und baute als Erstes mein Zelt in einer Orangenplantage ein paar hundert Meter weiter auf. Die Orangen schmeckten bitter und waren voller Kerne. Schlafen konnte ich dort auch nicht besonders gut. Also versuchte ich mein Glück bei dem nächsten Bankautomaten, aber die Bank hatte inzwischen mein Konto gesperrt, da ich den Dispokredit hoffnungslos überzogen hatte. Ich ging zurück zum Auto und packte die wichtigsten Sachen zusammen. Medikamente hatte ich keine mehr, bis auf eine Riesenpackung Penicillin, die ich nun zu mir nahm. Das hätte mich fast umgebracht und half überhaupt nichts. Ich hatte das Penicillin unter der Hand in einer Apotheke gekauft. Also hatte ich nun auch noch Dünnpfiff und fühlte mich elend. Drei Tage lang lungerte ich auf dem Parkplatz eines großen Einkaufszentrums herum und bediente mich an der Obsttheke, bis zwei Gorillas von der Security die Nase voll hatten und mir eine ordentliche Tracht Prügel verabreichten. Kurzerhand stieg ich wieder in den Landcruiser, und siehe da, er fuhr noch ein paar Kilometer, obwohl schon Kühlwasser im Ölkreislauf war. Ich parkte den Wagen in einer Seitenstraße im Zentrum Murcias und hing noch eine Nacht auf dem Fahrersitz herum. In der Grünanlage gegenüber vergnügte sich ein junges Pärchen; ich drückte auf die Hupe – nichts geschah. Im Morgengrauen montierte ich die Nummernschilder ab und verschwand mit dem wichtigsten Gepäck. Aber ich konnte nicht alles tragen, und auf meiner Flucht durch die Huertas von Murcia verlor ich die Hälfte meines Gepäcks. Ich trieb mich tagelang in den Obstplantagen herum und ernährte mich von unreifen Orangen und Zitronen. Aber ich hatte nichts zu trinken, und als ich schon gehörigen Durst hatte, fand ich endlich eine Kneipe, wo man mir ein Glas Wasser umsonst gab. Auch konnte ich dort die Toilette benutzen.

Ich begriff überhaupt nichts mehr, wanderte nur den ganzen Tag ziellos umher, wobei ich mich an den Vögeln orientierte, folgte ihrem Flug durch die Felder. Dann stapfte ich dem Autobus hinterher, von El Palmar nach Alcantarilla und zurück. Das Jahr neigte sich dem Ende zu, und an Heiligabend 1995 stand ich an einer Straßenkreuzung in Aljucer und beobachtete die Spanier in ihren Autos, wie sie die ganze Nacht hin und her düsten. Mir war kalt, und es regnete. Am anderen Tag kam ich zufällig an einer Kirche vorbei, und der Pfarrer steckte mir eine Packung Kekse und eine Flasche Bitter Lemon zu und meinte, ich solle sehen, dass ich Land gewänne. Ich verzog mich mit meinem Fresspaket in die Pampa, wo eine Spanierin mit ihrem Sohn auf dem Mountainbike zufällig vorbei kam und meinte: „Tu eres un hombre del terreno." Ich war mir nicht ganz im Klaren, ob sie mich oder ihren Sohn meinte, und ich schlug mich noch tiefer ins Gebüsch. Aus Versehen rutschte ich in einen Bewässerungsgraben und war bis zum Bauch durchnässt. Ich hatte schon ewig keine Dusche mehr genommen und griff daher sofort zu, als eine wohlmeinende Alte mir eine Tüte mit frischer Wäsche gab. Auch rupfte ich im Morgengrauen dauernd irgendwelche Sachen von der Leine, so dass ich bald aussah wie Don Quijote. Schließlich verschlug es mich in den Wald bei Los Garres. Stundenlang stapfte ich durch den Wald, der Hunger war noch das geringste Übel, denn ich dachte schon, ich müsse verdursten. Gottseidank fand ich mitten im Wald eine Villa, die bewohnt war. Eine Frau gab mir eine große Flasche mit Wasser, und ich tollte weiter durch den Wald, bis ich genug hatte und wieder zurückkehrte nach Murcia.

Nun sollte man nicht meinen, die Polizei hätte nicht längst etwas von meiner Landstreicherei bemerkt. Das erste Mal wurden sie auf mich aufmerksam, als ich mich an der Autobahnzufahrt nach Granada postierte. Ich dachte daran, dorthin zu trampen, um mir ein letztes Mal in meinem Leben die Alhambra anzusehen. Ein Polizist nahm meine Personalien auf, fuhr mich dann zur Wache. Auf der Polizeistation nahmen sie mir mein Gepäck ab, ließen mich dann wieder laufen. Von da an entspann sich ein regelrechtes Versteckspiel mit der Polizei. Irgendwo musste ich ja schlafen, aber immer fand sich jemand, der die Polizei alarmierte. In der Regel gab es dann erst einmal eine Tracht Prügel, dann wurde ich auf das Kommissariat gefahren und entweder eingekerkert oder wieder laufen gelassen. Ich will damit nicht sagen, dass man mir nicht auch geholfen hätte. Ich hatte einige Anlaufpunkte, konnte die Toilette benutzen, etwas trinken und bekam auch ab und an ein Butterbrot zugesteckt. In der Stadtmitte gab es einen kleinen Teich. Dort trieb ich mich den ganzen Tag lang herum. Wasser gab es aus einer Pumpe. Ich machte mich nützlich, indem ich abends den Müll aufsammelte, und bekam dafür in den Buden rund um den Teich schon einmal etwas zu essen zugesteckt. Aber schlafen konnte ich dort nur schlecht, da ich mich auf der Parkbank nicht sicher fühlte. Nach etlichen Tagen ohne Schlaf war ich schließlich so entkräftet, dass ich einfach das Bewusstsein verlor. Ich krachte auf die Nase, wurde dadurch wieder wach, schleppte mich bis zur nächsten Ecke, um dort abermals die Besinnung zu verlieren. Die Polizei sammelte mich auf, fuhr mich dann auch zum Krankenhaus, aber niemand begriff, was mit mir los war, geschweige denn, dass ich eine Psychose hätte.

Also ließen sie mich wieder laufen. Ich kapierte überhaupt nichts mehr, schlief auf der Terrasse eines kleinen Cafés und erklärte der Besitzerin am anderen Morgen, ich sei der neue Chef und wolle das Etablissement übernehmen. Mehrmals verbrachte ich auch die Nacht in einem Obdachlosenheim, dort hatte ich das gleiche Begehr. In dem Wohnheim hielt es mich nicht lange, lieber verbrachte ich die Nächte auf der Straße. Unweit des Parks gab es einen kleinen Platz, wo die Polizei nur selten vorbeischaute. In der Mauer eines Hauses befand sich eine Baulücke; dort lagen nur ein paar alte Säcke und Schutt herum. In dieser Mauernische versteckte ich mich mehrere Nächte lang. Aber kaum ging ich nachts auf die Straße, begann das Spiel von neuem. Zwei Streifenbeamte kamen angefahren, schnappten mich vor einem chinesischen Restaurant. „Rechts oder links", fragte der Beamte seinen Kollegen. „Rechts", kam die Antwort. Und dann krachte seine Faust mit voller Wucht auf mein rechtes Auge. Noch Wochen später hatte ich ein blühendes Veilchen. Dann fuhren sie mich zur Wache, und das Verhör begann von vorne.

Ich begriff überhaupt nichts mehr und verleugnete meine Identität, als sie meinen Personalausweis kontrollierten. Ich erzählte wilde Geschichten, ich sei Portugiese und käme aus Lissabon. Mein Name sei Santos. Die Beamten behielten den Personalausweis ein. Deutsch sprach dort niemand, und so musste ich mich mit meinem holprigen Spanisch durchschlagen. Mehrfach steckten sie mich in ein dunkles Loch ohne Matratze und WC. Die Uhr nahmen sie mir ab, so dass ich nicht wissen konnte, wie die Zeit verstrich. Einige Stunden kamen mir schon wie Tage vor. Zu Sylvester 1995 entließen sie mich, mit der Auflage, dass ich nach einem kurzen Spaziergang wiederkommen sollte, was ich natürlich nicht tat. Ich suchte mir einen Pennplatz auf einer Baustelle, wo mitten in der Nacht irgendein Anwohner mit der Schrotflinte aufkreuzte. Ich rettete mich durch ein abenteuerliches Kletterkunststück. Zwischenzeitlich schaute ich bei der Post vorbei, aber niemand hatte Geld für mich angewiesen. Am folgenden Tag wollte ich die Nacht in einem Treppenhaus verbringen; natürlich kam sofort die Polizei. Ich tat so, als sei ich bewusstlos, ließ mich hinaustragen, wobei ein Sanitäter etwas Wasser auf meine Stirn sprenkelte, er hielt mich wohl für verblichen. Auf der Wache telefonierte ein Beamter mit der Deutschen Botschaft. Er gab mir den Hörer, aber ich war nicht bereit dazu, irgendetwas von meiner Situation preiszugeben. Wir redeten einige Sätze, dann zischte ich: „Also dann Heil Hitler" – und hängte den Hörer ein.

Ich bekam wieder Ausgang und versteckte mich. Bisher hatte ich nur mit der Policia Municipal zu tun gehabt. Aber als ich über eine Mauer im Zentrum der Stadt hüpfte und mich im Vorgarten eines Hauses versteckte, kreuzte die Guardia Civil auf. Mich packte der blanke Horror, und ich gab den Beamten zu verstehen, von mir aus könnten sie es mir gleich besorgen. Das beschämte sie dann anscheinend doch ein wenig, und nach einem kurzen Verhör ließen sie mich wieder laufen. Zwei Beamte der Policia Municipal fuhren mich zur Wache, wo ich wieder ausbüxte, ohne dass mich jemand hinderte.

Und dann – als ich schließlich dachte, alles sei am Ende - schleppte ich mich in ein Kaufhaus, um mich neu einzukleiden. Dabei stellte ich mich nicht sonderlich geschickt an, da ich erst mühsam meine Jeansgröße herausfand, um dann in neuer Hose und T-Shirt zum Ausgang zu marschieren. Dort fing mich ein Detektiv ab, zerrte mich ins Personalbüro. Zu dritt knieten sie in meinem Genick, und ich dachte schon, sie wollten mir sämtliche Knochen brechen. Ich musste die Kleidungsstücke wieder ablegen und zog meine alte ausgebeulte Hose an. Dann wurde ich wieder in der Zelle eingekerkert. Ich wurde verhört und bekam ein Verfahren an den Hals. Zu allem Überfluss bezichtigte mich die Polizei auch noch der Körperverletzung – nachdem ich wochenlang Prügel kassiert hatte. Meinem Standpunkt nach sollte man sich nicht gegen Polizeibeamte wehren, da sie schließlich eine geladene Waffe tragen. Einmal hätte ich auch beinahe ein Schweizer Offiziersmesser mitten in den Rücken gestoßen bekommen. Auf der Wache machten sie ein Foto, alle zehn Fingerabdrücke wurden mir abgenommen. Ich fragte einen Beamten, ob er nicht etwas zu lesen für mich hätte, und er steckte mir ein religiöses Traktat zu, aus dem ich auch nicht schlauer wurde. Das Verhör hatte den gleichen Effekt wie ein Crashkurs Kastilisch, wenngleich meine Ausdrucksweise manchmal recht abenteuerlich war, worüber sich die Polizisten kaputtlachten.

Zwei Wochen verbrachte ich in dem dunklen Kerkerloch, dann wurde ich erneut verhört. Diesmal war ich an einen Beamten geraten, der ein wenig Deutsch sprach. Er telefonierte mit meiner Mutter und verstand, dass ich psychisch krank war. Er zeigte mir meinen Personalausweis und fragte, ob ich das sei, Philippe Becker, und ich bejahte. Ich bekam den Rest meines Gepäcks zurück und etwas Geld, das noch übrig war, und durfte mit meiner Mutter telefonieren. Sie gab mir zu verstehen, mein Onkel sei auf dem Weg nach Spanien und wolle mich am folgenden Tag abholen. Wir vereinbarten einen Treffpunkt. Dann wurde ich mit sanftem Zwang in ein Obdachlosenheim verfrachtet. Ich fragte eine Gammlerin, was los war, und sie sagte: „Le père méchant veut te conduire dans une autre maison."

Das hatte mir noch gefehlt – ich hatte ja mit meinem Onkel einen Treffpunkt in der Nähe ausgemacht, und auf diese Weise hätte wir uns nie gefunden. Ich wollte gehen, aber der Gorilla am Eingang machte mir klar, gleich gäbe es einen auf die Nuss. Also wartete ich erst einmal das Abendessen ab, und als die Gelegenheit günstig war, erklärte ich, ich wolle noch einen kurzen Spaziergang machen, was mir dann auch erlaubt wurde. Zunächst ging ich in eine Pizzeria und schlug mir die Wampe voll. Aber das Restaurant hatte nicht ewig auf, und als die Sperrstunde heranrückte, schlich ich wieder auf der Straße entlang, bis ich ein Mietshaus mit offener Eingangstür fand. Das Schloss war nicht zugeschnappt, ich hatte mehr Glück als Verstand. Ich fand einen kleinen Raum voller Sicherungen und Elektrokabel, in dem ich die Nacht verbrachte. Am anderen Morgen verschwand ich auf der Toilette eines Cafés, um mich dort zu rasieren. Kaum war ich zur Hälfte fertig, wummerte die Bedienung gegen die verriegelte Tür und gab mir zu verstehen, ich sollte das woanders erledigen. So trug ich noch einen Schnauzbart, und als mein Onkel im Mietwagen eintrudelte, hätte er mich beinahe nicht mehr wiedererkannt. Ich musste auch schrecklich aussehen, ausgemergelt, verschmutzt, in abgerissenen Klamotten. Ich war schon froh, dass sie mich überhaupt in das Hotel ließen in Alicante, wo ich erst einmal eine Stunde lang unter der Dusche hockte. Mein Onkel wollte wissen, was mit dem Auto sei, aber ich wollte nur noch weg und gab ausweichende Antworten. Er meinte, wir sollten im „El Corte Inglés" doch eine Jeans kaufen, aber mir war das zu umständlich. Ich zeigte mich kein bisschen dankbar und hackte noch auf meinem armen Onkel herum, der mir doch nur helfen wollte. Zwei Tage später saßen wir im Flugzeug von Alicante nach Köln-Bonn. Noch lange träumte ich von der Alhambra, doch von der spanischen Polizei hatte ich gestrichen die Nase voll.

Wir kamen glücklich in Köln an, aber ich war zu uneinsichtig, um mich in Behandlung zu begeben. Ich fühlte mich nachts in meiner Studentenbude nicht sicher und verbrachte daher die Nächte in der Laube unseres Schrebergartens. Aber dort war ich nachts noch unruhiger, obwohl ich immer meine Gaspistole in Griffweite hatte. Ich hatte Angst, dass ich in der Nacht Besuch kriegen könnte und drückte kein Auge zu. Meine wichtigsten Siebensachen transportierte ich im Gitarrenkoffer vom Wohnheim in die Gartenlaube. Im Wohnheim randalierte ich weiter, bedrohte einen Nachbarn mit der Gaspistole, ruinierte einen Kühlschrank und erzählte wirres Zeug. Dann kam die Vollversammlung, und alle Studenten machten ihrem Ärger über mich Luft. Ich ließ die Kritik an mir abprallen, aber den anderen war das nicht genug: Sie schickten einen Brief an die Wohnheimverwaltung, den alle unterschrieben. Mein letzter Freund im Wohnheim resignierte: „Ich kann dir jetzt auch nicht mehr helfen."

Die fristlose Kündigung ließ nicht auf sich warten. Die Sachbearbeiterin vom Studentenwerk zählte alles auf, was ich gesagt und getan hatte, und forderte mich auf, das Zimmer unverzüglich zu räumen. Ich verstand nicht mehr viel von dem, was um mich herum passierte, wechselte nur das Türschloss aus, packte meine wichtigsten Sachen zusammen und verschwand abermals – diesmal in Ermangelung eines fahrbaren Untersatzes mit dem Fahrrad! Dabei war es mitten im Winter, und auf den Straßen lag Schnee und Eis. Ich glaubte, es gäbe bald Krieg und ich müsste mich in Sicherheit bringen. Ich wollte mich durchschlagen bis nach Oostende und von dort aus die Fähre nehmen nach Dover. So kämpfte ich mich eines Morgens durch den Schnee über Hürth und Düren bis nach Aachen, schimpfte dabei pausenlos vor mich hin: „Es wird extrem". Gegen Abend erreichte ich Aachen, überquerte die Grenze nach Holland, nachdem ich mich an einer Tankstelle mit Proviant eingedeckt hatte. Ich fuhr dabei ohne Karte und Kompass, wählte meinen Weg frei Schnauze und kam tatsächlich vorwärts. Dann brach die Nacht herein. Es war bitterkalt. Ich aß noch etwas Schokolade, trank zwei Dosen Whiskey-Cola und kauerte mich dann in einer Einfahrt in den Schnee. Ich glaubte, ich müsste erfrieren. Die Anwohner ließen mich zunächst in Ruhe, riefen dann aber mitten in der Nacht die Polizei. Eine Streife kam angefahren. Sie packten mein Bike in den Kofferraum und fuhren mich dann über die Grenze zurück nach Deutschland. Natürlich konnte mich das nicht stoppen, und ich fuhr abermals durch das Grenzgebiet. Die Polizei hatte mich im Visier, und ich versteckte mich nachts in Schuppen und Scheunen, zur Not brach ich auch schon einmal ein Fenster auf. Ich hatte noch etwas Geld übrig, aber ich wollte nicht im Hotel übernachten. Auf einem unbenutzten Campingplatz knackte ich einen Wohnwagen, in dem lauter Taucheranzüge hingen. Ich suchte mir einen in passender Größe heraus und trug ihn unter der Kleidung. Ich hatte auch großen Hunger und ernährte mich hauptsächlich von Schokoriegeln, die ich an der Tankstelle erstand. Zu allem Überfluss ging meine Felge kaputt, und weit und breit gab es keinen Fahrradladen. Ich rupfte an einem Bahnhof ein Laufrad aus einem der dort abgestellten Räder, aber dann merkte ich, dass ich keinen Nippelspanner dabeihatte. Mitten in meiner Reparaturaktion tauchte die niederländische Polizei auf. Sie warfen mein Fahrrad in den Straßengraben und fuhren mich auf die Wache. Ich wollte mich wehren und schrie, sie seien keine echten Polizisten. Das brachte mir nichts ein außer einigen Ohrfeigen. Ich ließ schließlich die Hälfte meines Gepäcks da, darunter ein unvollendetes Manuskript, und türmte in den Wald. Im Morgengrauen erreichte ich einen Bauernhof. Dort schliefen alle, und ich konnte ein nicht abgeschlossenes Mountainbike aus einem Schuppen mitgehen lassen. Leider hatte das Bike keine Beleuchtung, und einige Kilometer weiter wäre ich beinahe unters Auto gekommen, weil der Fahrer mich nachts nicht sehen konnte. Ich fuhr bis zur nächsten Ortschaft und ging dort in eine Kneipe, um ein Bier zu trinken. Leider hatte ich kein Kleingeld mehr, um zu bezahlen, und wollte die Zeche prellen. Das Fahrrad hatte ich vor der Pinte abgeschlossen, aber ein Betrunkener jagte hinter mir her und ließ sich auch durch die gezückte Gaspistole nicht vertreiben. Ich hängte ihn schließlich ab, aber das Fahrrad blieb vor der Kneipe stehen, und so setzte ich meinen Weg zu Fuß fort. Im Morgengrauen kam ich an einem Wohnheim vorbei, wo ich ein zweites Rad mitgehen ließ, das aber leider keine Reifen mehr auf den Felgen hatte. Einige Kilometer holperte ich so über die Straße, bis ich früh Morgens zwei Spaziergängern über den Weg lief. Sie hatten drei Hunde dabei, zwei kleine Pekinesen und einen riesigen Rottweiler. Der Rottweiler entschied wohl, dass ich ein Dieb sein müsste, und schnappte nach meiner Kehle. An die Gasknarre kam ich so schnell nicht heran, und so ließ ich das Fahrrad in den Straßengraben plumpsen. In der Hand hielt ich eine Flasche Cola, die ich ebenfalls fallen ließ. Der Rottweiler schleckte die Cola auf und folgte dann wieder seinen Herrchen. Seufzend machte ich mich zu Fuß weiter auf den Weg nach Westen.

In 's-Hertogenbosch war meine Reise zu Ende. Ich irrte über den Friedhof, kletterte über die Hecke und suchte dann in einem Stall Unterschlupf. Dummerweise waren dort hundert Kühe, und als ich die Stalltüre öffnete, begannen die Tiere zu muhen. Der Bauer kriegte das mit, schrie: „Godverdoemte Jood", und wollte auf mich losgehen. Ich suchte mein Heil in der Flucht. Ein paar Wiesen weiter stellte mich abermals die Polizei. Ich hatte die Schnauze voll. Ich rannte über die Wiese, ein Beamter hinter mir her. Ich zückte die Gasknarre. Er brüllte: „Nij, dat mach jij niet!" Eine zweite Streife tauchte auf. Ich rannte weiter, aber dann erreichte ich die nahe gelegene Autobahn. Es war viel Verkehr, an die Überquerung der Autobahn war nicht zu denken. Auf dem Randstreifen stellten mich drei Beamte; sie hockten in meinem Genick, und ich drückte ab.

Zu meinem Glück war nur eine Platzpatrone im Lauf der Gaspistole, und die Beamten drückten noch einmal ein Auge zu. Ich wurde weggesperrt in eine kleine Zelle. Am anderen Tag bekam ich ein Verfahren. Ein Psychologe erstellte ein Gutachten. Er fragte, ob ich Stimmen hörte, was ich vehement verneinte. Mein Rechtsanwalt unterhielt sich mit mir. Er wollte genau wissen, was ich für eine Pistole benutzt hätte. Die Waffe wurde einkassiert. Ich kapierte nicht genau, was um mich herum passierte, beschmierte die Wände meiner Zelle mit einem Filzstift. Ein Dolmetscher wurde hinzugezogen, und ich musste noch einmal alles erklären. Ich beschuldigte meinen Verteidiger, er hätte mich sexuell genötigt. Eine Sekretärin stenografierte alles mit, blickte nur einmal kurz auf, als ich erklärte, ich sei ein Globetrotter. Für mich sei es normal, dass ich ab und an ein paar Tage im Knast lande, so sei das nun einmal, wenn man viel im Ausland unterwegs sei. Ich gab zu Protokoll, bald gäbe es Krieg, und ich wollte mich nach London in Sicherheit bringen. Der Richter hielt mich wohl für schuldunfähig, und der Beamte, den ich bedroht hatte, zog seine Anzeige zurück. Kurzum, nachdem man mich ein paar Tage lang von einer Justizvollzugsanstalt zur anderen gekarrt hatte, landete ich in der Forensischen Anstalt von Eindhoven. Ich war mit anderen Häftlingen in einem Gefangenentransporter, und sie erklärten mir, die Wärter mischten ein Beruhigungsmittel in den Tee, ich solle das einfach wegkippen. Ich bekam eine Einzelzelle mit einer Steinpritsche, einem Radio und einem Eimer für die nötigsten Bedürfnisse. Zunächst sollte ich duschen. Die Wärter sahen meinen Taucheranzug, den ich unter der Kleidung trug, und scherzten: „Ja, du bist James Bond!" Eine Krankenschwester schmierte mir Butterbrote, und mittags kam ein Essenwagen vorbei. Ein Pfleger gab mir ein Stück Kreide und meinte, ich könne damit die Wände der Zelle beschreiben. Ich malte ein Bild an die Wand, schrieb „Stonehenge" darunter. Auf die andere Wand malte ich die Worte „Planet Dune". Der Pfleger kam, nickte, meinte: „Your Planet?" Wir kamen ins Gespräch, und ich erklärte: „The Sahara is a rotten place. A rotten place for rotten people."

Morgens und abends durfte ich mich waschen, bei dieser Gelegenheit hängte ich mich dann an den Wasserhahn, da ich den Tee ja nicht trank. Ich versuchte, die Fenster einzutreten, aber das war vergebens. Ein Pfleger sah mir zu dabei, meinte: „It's so goddamn easy." Er gab mir ein paar alte Illustrierte und ein Buch über die Aktion Bonaparte, das ich gut verstand, wiewohl es auf Holländisch geschrieben war. Ich durfte meine Mutter anrufen, aber in meiner Psychose leugnete ich alle

Verwandschaftsbande und erklärte, ich sei nicht Philippe, sondern mein Name sei Jean-Pierre, und ich sei Franzose.

Zwei Wochen lang blieb ich in der Zelle, dann kamen ein paar Wärter und erklärten mir, sie würden mich zurückbringen nach Deutschland. Ich begann zu randalieren, trat stundenlang gegen das Fenster und hatte keinen anderen Gedanken als den der Flucht. Nachdem die Pfleger sich das eine Weile lang angesehen hatten, stürmten sie schließlich zu sechst in meine Zelle und legten mir Handschellen an. Ich kapitulierte. Sie hievten mich in einen Transporter und fuhren mich nach Aachen. Dort landete ich auf der Geschlossenen; eine Ärztin unterhielt sich mit mir und entschied dann, dass ich weitertransportiert werden sollte nach Köln. Ich weigerte mich, Deutsch zu reden, und gab nur auf Französisch Auskunft über mein Befinden. Aber die Ärzte durchschauten dieses doppelte Spiel. Zwei Polizisten luden mich in einen Krankenwagen, und die Pfleger fuhren mich weiter nach Köln. Es ging ins Alexianer-Krankenhaus. Dort angekommen, spülte ich erst einmal alle Papiere von der Gerichtsverhandlung im Lokus davon. Zunächst wurde ich fixiert, aber die Krankenschwestern merkten bald, dass von mir keine Gefahr ausging, und ließen mich wieder frei. Ich bekam erneut eine Gerichtsverhandlung und wurde nach dem Psych-KG für sechs Wochen auf der Geschlossenen eingewiesen. Der Richter nahm meine wilden Geschichten nicht für bare Münze. Der Arzt erklärte, ich müsse die Psychopharmaka nehmen, sonst könne es sein, dass ich geistig völlig abbauen würde und als alter Mann mit wirrem Verstand auf der Gerontopsychiatrie landen könnte. Meine Mutter kam mich besuchen, und bald redete ich wieder normal mit ihr. Ich bekam Haldol verabreicht und erholte mich rasch. Kurz vor der Entlassung redete ich mit einem

Sozialarbeiter und erklärte, ich wolle den Lkw-Führerschein machen, um berufsmäßig auf Achse zu sein. Er gab mir grünes Licht, und das war ein grober Fehler.

Ich meldete mich tatsächlich bei einer Fahrschule an und machte bald die ersten Fahrstunden. Alles lief gut, aber das Haldol machte mich so müde, dass ich es bald einfach absetzte. Anders hätte ich es nie im Leben geschafft, stundenlang am Steuer zu sitzen. Ich war wieder rank und schlank, wirkte halbwegs normal und hing die Nächte in der Disco herum, um tagsüber an der Fahrschule Theorie zu pauken. Ich hatte keine eigene Wohnung mehr und zog kurzerhand wieder in der Elternwohnung ein, was starke Komplikationen verursachte. Die Wohnung war groß genug, aber da ich die Medikamente abgesetzt hatte, begann ich zu dekompensieren. Ich fühlte mich nachts nicht sicher, verriegelte die Wohnungstür, so dass meine Mutter nicht mehr in ihre eigene Wohnung kommen konnte. Ich experimentierte mit Stromkabeln herum und hätte um ein Haar fürchterlich einen gewischt bekommen, merkte dann aber noch, dass ich Unsinn baute. Ich hatte das Bedürfnis, mich nach den Ereignissen in Spanien endlich einmal richtig herumzuprügeln und meldete mich in einem Judoschuppen an. Dort wurde ich von den Schwarzgurten ordentlich in die Mangel genommen, aber ich hielt mich ganz wacker, hatte ich es schließlich vor Jahren selbst bis zum braunen Gürtel geschafft. Nur das Konditionstraining war so anstrengend, dass ich mich mehrmals beinahe auf der Matte übergab.

Meine Mutter wusste nicht mehr weiter und schaltete schließlich den Stadtarzt ein. Der ließ sich viel Zeit, bis er einen freien Termin hatte. Eines Tages im Juni kreuzte er dann mit einer Sozialarbeiterin auf und machte sich ein Bild von der Lage. Er brauchte nur fünf Minuten, um zu erkennen, dass die Lage eskalierte. Ich kümmerte mich nicht groß um den Arzt, schnauzte ihn an, verließ dann das Haus. Im Supermarkt um die Ecke erstand ich ein paar Flaschen Malzbier und Schokolade und machte mich dann auf den Weg zurück nach Hause. Vor der Tür nahm mich ein Typ beiseite. Er zückte ein Plastikkärtchen, erklärte, er sei verdeckter Ermittler. Ob ich Herr Becker sei? Ich bejahte. Er zog Handschellen aus der Jacke und legte sie mir an. Ich verstand nicht viel von dem, was um mich herum passierte, und begann, dummes Zeug herumzuschreien. Eine Streife tauchte auf. Ein uniformierter Polizist stieg mit in den Wagen, und der Fahrer erklärte, es gehe nach Merheim. Papiere wurden hin und her gefaxt und fotokopiert. Dann schließlich gab mir die Ärztin am Empfang zu verstehen, ich sei fürs Erste drin, und die Beamten luden mich ab auf der Geschlossenen Station. Es versprach ein Sommer hinter Glas zu werden.

Siebtes Kapitel

Die Tür zur Station schloss sich hinter mir, und ich bekam ein Bett zugewiesen. Nebenan lag ein dicker Türke, der leise vor sich hin stöhnte. Es gab Abendessen. Draußen konnte man das allerschönste Sommerwetter hinter den dicken Glasscheiben erahnen. Ein Starkampffighter zeichnete einen Kondensstreifen in den blauen Himmel. Ich glaubte, es sei Krieg, und die ersten Bomben würden bald explodieren. Meine Gedanken drehten sich in den ersten Tagen darum, wie ich aus dem Krankenhaus fliehen könnte. Aber bald gewöhnte ich mich an den Alltag. Jeden Morgen ging die Ergotherapeutin mit einigen Patienten einkaufen. Ich hatte nicht viel Geld, aber es war eine willkommene Abwechslung. Ein Sozialarbeiter erkundigte sich nach meinen finanziellen Verhältnissen. Ich erklärte, ich würde von dem Verkauf von alten Autoteilen leben. Einen Job hätte ich zur Zeit nicht. Er legte mir nahe, Sozialhilfe zu beantragen. Erst wehrte ich mich gegen den Gedanken, da ich lieber selber Geld verdienen wollte. Aber es gab keine Wahl. Zusätzlich wurde ein gesetzlicher Betreuer vom Amtsgericht für mich bestellt. Mir passte das alles zunächst gar nicht. Ich fiel ins soziale Netz, aber fing es mich auch auf? Ich hatte viel Zeit, um darüber nachzudenken, da die Ärzte mich so schnell nicht wieder gehen lassen wollten. Als Erstes machten sie mir einen Strich durch die Rechnung, was den Lkw-Führerschein anging. Mit meiner Erkrankung könne ich diesen Beruf nicht ausüben. Ich wehrte mich vehement, aber es war nichts zu machen. Die Sozialhilfe wurde bewilligt. Solange ich in stationärer Behandlung war, bekam ich jeden Monat 180 Mark zugewiesen. Eine Wohnung hatte ich nicht, da meine Mutter zu dem Zeitpunkt in eine kleinere Wohnung zog und mir ans Herz legte, ich solle nach einer eigenen Wohnung suchen. Mein Betreuer, an den ich mich schnell gewöhnte, meinte, ich könne mich zum gegebenen Zeitpunkt nach einer Bleibe umsehen. Das Sozialamt würde die Mietkosten übernehmen. Aber zunächst liebäugelte ich mit dem Gedanken, wieder in den Schrebergarten einzuziehen. Der Arzt legte sein Veto ein. „So kann ich Sie nicht gehen lassen, Herr Becker. Sie setzen dann wieder Ihre Medikamente ab, machen ‚Yabbadabbadoo' und sind weg!"

Und so blieb ich den ganzen Sommer in Merheim. Jeden Morgen kam die Visite; die Ärzte machten sich ein Bild von der Lage, ließen sich aber nicht in die Karten gucken. Ich wurde auf eine andere Station verlegt, aber es änderte sich nicht viel. Die Hauptattraktion der Station war ein kleines Aquarium, in dem ein Frosch gefangen war. Manchmal tauchte er bis zu dem Grund des Aquariums, um wenig später wieder an der Oberfläche nach Luft zu schnappen. Das war sehr erheiternd, und wir guckten immer: „Was macht der Frosch?" Auf meinem Zimmer war noch ein zweiter Patient, den alle nur „den Bibelforscher" nannten. Er war ein religiöser Fanatiker und hatte mittels bizarren Gebetsstellungen versucht, den Teufel auszutreiben, blätterte den ganzen Tag nur in der Bibel. Jeden Morgen schiffte er ins Waschbecken, weil er zu faul war, um bis zu der Toilette zu latschen. Später erfuhr ich, er habe eine Million Mark geerbt, die aber zum größten Teil auf den Konten seiner Sekte verschwand.

Nach einigen Wochen wurde ich auf die offene Station verlegt, wo es einen Billardtisch gab und einen großen Fernsehraum. Man hatte offenen Ausgang und konnte im Park seine Runden drehen, in der Cafeteria einen Kaffee trinken oder zum Büdchen schlendern. Einmal in der Woche war Kinotag, und wir fuhren gemeinsam mit zwei Pflegern in die Innenstadt, um einen Film unserer Wahl zu sehen. Danach gingen wir noch ins Eiscafé und fuhren anschließend wieder zurück nach Merheim. Meine Mutter kam mich oft besuchen und brachte mir Schokolade mit. Da ich ganz ordentlich etwas verdrückte, kaum Bewegung hatte und die Medikamente den Appetit steigerten, nahm ich rasch zu. Zwar gab es auch eine Sporthalle in der Klinik, aber das bisschen Gymnastik brachte mich auch nicht weiter. Das Sommerfest kam, und es gab gegrillte Steaks und Würstchen en masse. Ich hatte die Pläne für meine berufliche Zukunft erst einmal abgehakt, an mein Studium dachte ich schon gar nicht mehr. Nur die Nachtschwester, die es gut mit mir meinte, versicherte mir: „Machen Sie sich keine Gedanken, Herr Becker. Irgendwann können Sie Ihr Studium ganz bestimmt zu Ende bringen." Sie wünschte mir gute Nacht, und ich schlief gleich viel besser.

Morgens um halb Acht wurde man wieder geweckt. Es gab Frühstück, dann standen Ergotherapie und Arbeitstherapie auf dem Programm. Ich ging in die Metallwerkstatt, wo ich einfache Werkstücke anfertigte. Der Ergotherapeut riet mir davon ab, beruflich mit Metall zu arbeiten. Ich hätte nichts auf seine Meinung geben sollen, aber das wurde mir erst viel später klar. Sechs lange Monate blieb ich in Merheim. Die Ärzte rieten mir, in ein betreutes Wohnheim zu ziehen, aber es gab keine freien Plätze. Ansonsten solle ich ins Sozialpsychiatrische

Zentrum gehen, um dort ein Jahr lang die Tagesstätte zu besuchen. Ich stimmte diesem Plan zu. Dann fand ich überraschend ein möbliertes Zimmer in der Kölner Südstadt, und mit Hilfe meines Betreuers brachte ich die Ärzte dazu, dass sie mich aus der Klinik entließen. Ich hatte großes Glück, denn ich hatte nicht viel Zeit, nach einer Wohnung zu schauen, und der Vermieter gab mir auf Anhieb eine Chance. Sonst hätte ich auf der Straße gestanden oder wäre in ein Männerwohnheim gekommen.

Es war an einem kalten Dezembertag, als ich das Zimmer bezog. Es hatte 12 Quadratmeter, ein Waschbecken, Toilette und Dusche auf dem Flur. Ein klappriges Bett, ein Schrank, ein Tisch mit zwei Stühlen. Aber auf mich wirkte es wie ein Drei-Sterne-Hotelzimmer. Ich hatte ein Schachbrett mitgebracht und spielte den ganzen Tag Partien nach. Außerdem begann ich ein Adventure zu programmieren. Aber ich stellte das Programm nicht fertig, denn den alten Atari ST verkaufte ich bald, um auf einen 486er Personalcomputer umzusteigen. Zunächst ging ich auch dreimal in der Woche zum Sozialpsychiatrischem Zentrum, aber bald verlor ich die Motivation. Ich erzählte der Sozialarbeiterin irgendwelche Märchengeschichten, ich hätte einen Job gefunden und wolle deshalb die Maßnahme beenden. Sie wollte mir das erst nicht so richtig abkaufen, und ihr Kollege löcherte mich mit Fragen, aber schließlich setzte ich meinen Willen durch. Von da an tat ich nicht viel, lag morgens ewig lange im Bett, ging nachmittags zum Arzt, besuchte meine Mutter.

Eine alte Schulfreundin lud mich zu einer Party ein. Sie hieß Christiane, hatte Jura studiert und ihr Examen bestanden. Ich kreuzte auch bei ihr auf, wenngleich ich von den Medikamenten abends immer müde war und nicht so lange aufbleiben konnte. Ich traf einige ehemalige Mitschüler und lernte Christianes Kommilitonen kennen. Eine Studienkollegin von ihr hatte es mir angetan. Sie war blond, sportlich, redegewandt, hatte gerade ihren Abschluss gemacht und arbeitete als Anwältin, wiewohl sie erst um die 28 Jahre alt sein mochte. Sie kam in die Küche, sagte: „Ich tauch dann mal ab" und bückte sich, angelte eine Flasche Bier aus dem Kasten. Da brannte bei mir eine Sicherung durch. Ich hatte mich mühsam wieder an die Freiheit gewöhnt, war völlig aufgeschwemmt und träge, und da kam sie mir mit ihrer Vollgas-Tour in die Quere. Ich fuhr irgendwann wieder nach Hause, knallte mir noch eine Flasche Jim Beam in den Schädel und führte ein paar schizophrene Telefonate, so genau erinnere ich mich nicht daran, aber die blonde Rechtsanwältin kam dabei nicht gut weg.

Mit den Frauen hatte ich ohnehin nicht viel Glück. Zunächst versuchte ich es mit Telefonsex, aber das war nicht besonders befriedigend, kostete nur Unmengen Gebühren. In der Klinik kommt der Sex ja leider zu kurz, und ich hatte enormen Nachholbedarf. Jeden Tag schlich ich in die Videothek um die Ecke, organisierte zwei, drei Filme und vertrieb mir damit den Tag. Am liebsten sah ich Krimis und Kung-Fu-Filme, und wenn mal eine Sexszene kam, schaltete ich auf Zeitlupe und kommentierte das Geschehen. Den Nachbarn gefiel das anscheinend gar nicht, aber das war mir egal. Ich war auf einer weiteren Party eingeladen und traf dort Thomas und Kurt wieder, sowie den Rest meiner Bekannten aus dem Studentenwohnheim. Kurt erzählte mir, er hätte eine vietnamesische Freundin aufgegabelt und vögelte den ganzen Tag. „Zeig mal", sagte ich und fasste ihm an die Klöten. Er dachte sich seinen Teil, und später überlegte ich, ob mich die Ärzte nicht doch zu früh hatten gehen lassen. Thomas war wie üblich betrunken, und ich erfuhr, dass er den ganzen Tag nur noch vor seinem Computer saß und Schach spielte. Ich fühlte mich auf der Party nicht wohl. Das Bier, die Musik, alles war mir zuwider. Dazu kam, dass die Medikamente extrem müde machten und ich es nur schwer aushielt, so lange wach zu bleiben. Ich ging ab und zu noch ins MTC, redete ein paar freundliche Worte mit der Bedienung, aber es war nicht mehr dasselbe wie früher. Ich fuhr auch einige Male in das Wohnheim zurück, aber alles, was ich dort zu hören bekam, war: „Pass auf mit dem Typ."

„Früher warst du mal ein netter Kerl", kommentierte ein Bekannter das Geschehen. „Heute machst du es allen schwer." Bis auf eine Handvoll Kontakte blieben nicht mehr übrig aus der Studentenzeit, und ein Kumpel warnte mich noch: „Sieh zu, dass du eine Freundin findest. So einfach wie in der Studentenzeit wird es nie wieder sein, und nachher bekommst du keine ab und bleibst für immer allein."

Ich überlegte hin und her, was ich machen könnte, und obwohl mein Arzt mir davon abriet, fing ich in Bergisch-Gladbach eine Ausbildung zum Fachinformatiker an. Der Arzt sollte recht behalten: Es war noch zu früh mit der Ausbildung, ich war nicht belastbar genug. Zwei Monate hielt ich durch, dann kamen die Klausuren, und ich ließ mich krank schreiben. Nach vier Wochen schickte mir das Informatik-Institut eine Kündigung. Ich resignierte und meldete mich im Sommer 1997 für eine dreimonatige Therapie in der Tagesklinik an. Dort gab es verschiedene Gesprächsgruppen, Kunst und Sport, und wenngleich es manchmal auch anstrengend war, brachte es mich weiter. Nur einmal kam ich noch zwei Nächte auf die

Geschlossene, weil ich mit Schlaftabletten herumgespielt hatte. Liebschaften waren auf der Station ein Tabu, aber ich lernte einige Leute kennen, zu denen ich noch jahrelang Kontakt hatte.

Und dann traf ich Domenico. Er war vor einem Jahr mit mir zusammen in Merheim gewesen, daher erkannten wir uns gleich wieder. Er war ein bisschen dumm und träge, aber ich hatte mich an ihn gewöhnt. Wir waren ein Gespann wie Don Quijote und Sancho Pansa, hatten die gleichen Vorlieben und trafen uns bald jeden Tag, damit wir uns die Wampe vollschlagen konnten. Oft schauten wir zusammen auch Videos, gingen gemeinsam schwimmen oder machten im Zülpicher Viertel einen drauf. Er wohnte in einem möblierten Zimmer in Ehrenfeld, ich in der Südstadt, und gelegentlich trafen wir uns auch auf halbem Weg, um ins Kino zu gehen oder in die Dönerbude.

Wenn ich allein war auf meinem Zimmer, jammerte ich vor mich hin, mir fiel zu diesem Zeitpunkt nicht viel ein, wie ich meine Situation verbessern konnte. Ohne meinen Arzt wäre ich ganz aufgeschmissen gewesen. Er war ein Alt-68er und konnte vieles verstehen, was ich ihm erzählte, da er die Zeit selbst miterlebt hatte. Von Domenico hielt er nicht viel, äußerte einmal: „Ihr Freund ist ein debiler Knacki."

Und er sollte recht behalten, denn Domenico hatte seit einiger Zeit ein Verfahren laufen. Er hatte versucht, einen Computer aus einer Schule zu stehlen. Dort stand ein Fenster auf, aber gerade als er mit einem Kumpanen türmen wollte, kam die Polizei. Domenico hatte in der Vergangenheit Drogen konsumiert, und um die Sucht zu finanzieren, betätigte er sich als Kleinkrimineller. Er knackte Parkuhren, klaute Autos, machte bei jeder Gelegenheit lange Finger. In der Klinik wurde er wieder clean, aber sein Verfahren lief noch, und es sah ganz danach aus, dass sie ihn einbuchten würden. Seine Freundin hatte auch mit ihm Schluss gemacht und hatte ihn nur solange akzeptiert, wie er das Geld für die Drogen heranschaffte.

In meinem Lebenslauf entstand eine Lücke, die sicher drei Jahre lang dauerte und später bei Bewerbungen immer die Frage offen ließ: Was haben Sie denn in dieser Zeit gemacht? Um ehrlich zu sein, lag ich meistens im Bett, aß Pizza und schaute fern. Meine beruflichen Pläne hatte ich an den Nagel gehängt, an das Studieren dachte ich schon rein gar nicht mehr, die meisten Kontakte zu meinen Freunden brachen ab. Mit den Frauen hatte ich auch kein Glück, und zu allem Überfluss begann ich noch Stimmen zu hören und entwickelte neurotische Zwangsgedanken. Die Stimmen beschimpften mich: „Depp, Scheißkerl." Manchmal hörte ich auch angenehmere Kommentare wie „Ich will ihn, ich mag ihn." Zunächst glaubte ich nicht an Halluzinationen und nahm alles für bare Münze, was ich hörte. Ich ärgerte mich immer ziemlich und schimpfte öfters zurück, was auf der Straße bei den Passanten zuweilen Befremden hervorrief. Zudem entwickelte ich Zwangsgedanken rassistischer und ödipaler Art und hatte immer eine Riesenangst, jemand könnte merken, was in meinem Kopf vor sich ging. Aber mein Arzt versicherte mir, „die Gedanken sind frei". Ich könne denken, was mir beliebte, und niemand könne mich daran hindern, es sei wie in dem Lied aus den Schweizer Freiheitskriegen: „Denn meine Gedanken, sie brechen die Schranken und Mauern entzwei: Es bleibet dabei, die Gedanken sind frei." Ich brauchte eine ganze Weile, bis ich das einsah, da ich zu allem Überfluss glaubte, die anderen könnten meine Gedanken lesen und kein Geheimnis sei bei mir sicher.

Mein Therapeut empfahl mir, diese quälenden Gedanken doch einfach einmal auszusprechen und abzuwarten, was passieren würde. Am schlimmsten war es immer, wenn meine Schwester mich einlud zu irgendeiner Familienfeier und die ganze Verwandschaft meines Schwagers dort aufkreuzte. Mein Schwager war immer peinlich korrekt, gab sich nie eine Blöße, kommentierte jede meiner Schwächen. Mit seinen drei Brüdern und ihren komischen Freundinnen verstand ich mich auch nicht. Mir schien es, als dienten diese Familienfeier nur dazu, dass jeder mit seinem neuen Auto vorfahren konnte, um seinen beruflichen Erfolg zu demonstrieren. Nur ich war der arme Habenichts, der mit dem Fahrrad auftauchte und sich von den Erfolgsmenschen aushalten ließ. Und fuhren wir einmal zusammen nach Hannover zu meiner Tante, konnte ich sicher sein, dass mein Schwager während der Fahrt keine einzige Pinkelpause einlegte, was für mich eine Quälerei war, da die Medikamente auf die Blase drückten. Aber das alles ging vorbei. Ich legte die Gewohnheit an den Tag, bei allen familiären Ereignissen abzusagen, was ich mit meinem gesundheitlichen Zustand begründete. Nur mit meiner Tante verstand ich mich zunehmend besser und telefonierte oft mit ihr. Meinen Onkel sah ich lange Zeit nicht mehr wieder, die Ereignisse in Spanien waren ihm doch offenbar stark an die Nieren gegangen.

Ich hatte ein wenig Geld zusammengespart und dachte daran, wieder einmal nach Spanien oder nach Frankreich zu fahren. Ein Sozialarbeiter riet mir ab von einem Spanienurlaub. Ich solle erst einmal Gras wachsen lassen über die Geschichte mit dem Schrottwagen und den übrigen Unannehmlichkeiten. Mit der spanischen Polizei sei nicht zu scherzen, und wenn ich Urlaub machen wolle, könnte ich ja auch nach Frankreich fahren. Aber dann kam ein Autoschieber-Deal dazwischen. Ein Bekannter wollte einen Lkw nach Ghana verschiffen, und ich lieh ihm etwas Geld, damit er die Sache durchziehen konnte. Es war ein alter 7,5-Tonner, vollgepackt mit alten Kühlschränken und Fahrrädern. Mein Bekannter fuhr ihn nach Rotterdam, wo er ihn auf die Autofähre nach Accra brachte. Ein Ghanese fädelte den Deal ein und gab seinem Bruder Bescheid, damit der die Fracht entgegennahm. Im Hafen von Accra wurde der Lkw aufgebrochen und die Hälfte der Ladung gestohlen. Als dann der Lkw bezahlt werden sollte, bot man meinem Bekannten nur die Hälfte des vereinbarten Preises. Der lehnte natürlich ab, aber er sah keine Möglichkeit, an das Geld zu kommen. Ich erzählte meinem Betreuer davon, und er schlug die Hände über dem Kopf zusammen. Wir leiteten ein Mahnverfahren ein, damit ich mein Geld in Raten zurück bekommen würde. Das klappte tatsächlich, aber von nun an war mein Bekannter mir spinnefeind.

Mit dem Sozialamt hatte ich auch nur Ärger. Ich wollte in eine größere Wohnung ziehen, aber mein Sachbearbeiter sah keinen Grund, weshalb er das bewilligen sollte. Stattdessen kappte er mir die finanziellen Mittel und behauptete, ich hätte einen Job bei Kaufhof in Köln angefangen. Er wedelte mit einem Computerausdruck, den er von Wiesbaden zugefaxt bekommen hatte. Er ließ nicht mit sich reden, und wir mussten uns bei dem Vorgesetzten beschweren. Schließlich stellte sich der Fehler als nichtig heraus. Ein ganzes Jahr lang telefonierte ich jede Woche mit dem Sozialamt wegen einer Liste der Vermieter für Sozialwohnungen. Ich ging dort allen ziemlich auf die Nerven, aber ich sah keine andere Möglichkeit, wie ich mein Vorhaben durchsetzen könnte. Dann bekam ich eines Tages Post vom Wohnungsamt: Eine Liste mit

Telefonnummern von Wohnungsgesellschaften. Ich rief dort überall an und hatte schließlich in Chorweiler Glück. Die Wohnung war über 45 Quadratmeter, aber der Vermieter senkte die Miete und glich die Nebenkosten an, so dass die Wohnung schließlich bewilligt wurde. Der Sachbearbeiter vom Sozialamt war in Urlaub, und seine Vertreterin war mir besser gesonnen und gab grünes Licht. Und so zog ich im Oktober 1998 nach Chorweiler.

Domenico war mittlerweile im Knast gelandet, und ich musste mir alleine die Zeit vertreiben. Ich gab Nachhilfe in Französisch und half nebenher bei Entrümpelungen, um mir etwas Geld dazu zu verdienen. Im Frühjahr 1999 fuhr ich das erste Mal wieder in Urlaub. Es sollte nach Paris gehen. Ich bezog Quartier in einer Jugendherberge und erkundete die Stadt. Ich war schon oft in Paris gewesen, aber das Musée des Egouts war mir neu. Dort konnte man die Kanalisation von Paris erkunden. Ich war beeindruckt und schaute mir alles genau an, da ich schließlich auch für einen Roman recherchierte, der unter der Erde spielte. Doch dann traf ich in der Kanalisation einen Skinhead, der in die Kamera blinzelte und zischte: „Ich habe schon viele Menschen umgebracht."

Neben mir standen einige Touristen, die ihren Ohren nicht trauten. „Habt ihr gehört, was er gesagt hat?"

Ich beschloss, keine näheren Erkundigungen einzuholen und machte mich aus dem Staub, bevor der Skinhead handgreiflich werden konnte. An der Kasse kaufte ich noch einen Bildband über den Pariser Untergrund, dann war ich weg. In der Jugendherberge war die Hölle los. Niemand legte sich nachts schlafen, alle machten Radau, wenn sie aus der Disco zurück kamen. Ich drückte zwei Tage lang kein Auge zu, verkrümelte mich schließlich in den Aufenthaltsraum, wo nur ein

Getränkeautomat und ein Internet-Computer waren. Ich war hundemüde, konnte aber nicht schlafen. Ich drückte die Finger auf die Augäpfel, und plötzlich hatte ich einen seltsamen Wachtraum. Ich sah grüne Wiesen, verlassene Städte, die von der Natur zurückerobert wurden. Bären tollten im Gras herum, von den Menschen war keine Spur mehr. Es war eine Vision aus einer Zeit, in der die Erdbevölkerung vernichtet war, ausgelöscht wie die Dinosaurier in der Kreidezeit. Ich nahm die Finger von den Augen und sofort verschwand das Bild, wie ein Videofilm, den man anhält. Ich verfluchte meine Voreiligkeit. Gerne hätte ich gesehen, was nach den Menschen und den Bären käme.

Ich ging zurück auf mein Zimmer und legte mich ins Bett. Draußen zogen nächtliche Spaziergänger vorbei, und ich hörte, wie eine Frau sagte: „Er hat ein Kind." Zwar fühlte ich mich gemeint, aber ich hatte wahrlich kein Interesse, diesem Kommentar auf den Grund zu gehen. Auch in der Rue du Poteau ließ ich mich nicht mehr blicken. Insgesamt waren die Franzosen diesmal nicht sehr freundlich, und ich hatte schon wieder eine leichte Psychose, was die Verständigung nicht leichter machte. „Le boche" nannten sie mich an der Rezeption, und morgens beim Frühstück schimpften alle über mich. Ich ließ das an mir abprallen und machte mich auf den Weg zum Gare du Nord, wobei ich sorgsam auf meine Brieftasche achtete. Leider fuhr der D-Zug erst mitten in der Nacht, und ich stand stundenlang auf dem Bahnsteig herum. Ein Deutscher schrie mich an: „Wie viele Benzinkanister hattest du dabei?" Ein anderer Passant meinte: „Il n'a pas besoin d'une grande voiture pour se faire remarquer." Ich wagte keinen Ton mehr von mir zu geben, war so traumatisiert durch die letzten Erfahrungen im Ausland, dass ich völlig den Schwanz einkniff. Gegen Mitternacht fuhr endlich der Zug im Bahnhof ein. Natürlich fand ich keinen Sitzplatz. So stand ich die ganze Nacht am Fenster und starrte ins Dunkle, bis die Müdigkeit mich übermannte und ich zusammensackte. In Brüssel hätte ich beinahe den Anschlusszug verpasst, da ich eine Station zu weit fuhr. Aber dann erwischte ich den Zug doch noch, kauerte mich in den Sitz und fiel in tiefen Schlaf, wachte erst in Aachen wieder auf. Der Schaffner hatte mich schlafen lassen, und wiewohl der Kurztrip doch etwas anstrengend war, fand ich bei meiner Rückkehr nur gute Worte über die Franzosen.

Ich hatte eine Nachhilfeschülerin bei mir um die Ecke, versuchte, ihr etwas Französisch beizubringen. Ihre Mutter war Polin, der Mann, der sich aus dem Staub gemacht hatte, Franzose. Sie pubertierte ein wenig und meinte bald, ich sei ihr neuer Freund. Irgendwann verlief sich die Nachhilfe im Sande, da sie auch kein echtes Interesse an der Sprache zeigte und mir der Aufwand zu groß wurde.

Dann kam der Krieg im Kosovo, und das weckte mich aus meiner Lethargie. Noch zu meiner Schulzeit hatte ich ja den Kriegsdienst verweigert, während des Golfkriegs ließ ich keine Demo aus. Nach und nach änderte sich mein Weltbild, aber plötzlich kam die Angst: Wenn es wieder Krieg gibt, was machst du dann? Mit meinem Abitur allein konnte ich nicht viel anfangen, und eine Berufsausbildung hatte ich nicht vorzuweisen. Ich dachte daran, eine Nische zu finden, die zu mir passte, aber was sollte ich tun? Und wohin sollte ich gehen?

Ich sprach mit meinem Betreuer darüber, und er meldete mich kurzerhand bei Job Profil an. Das war eine Vermittlungsstelle vom Arbeitsamt für Leute, die Sozialhilfe bezogen. Man absolvierte ein vierwöchiges Berufstraining, und zum Schluss entschieden die

Sozialarbeiter, welchen Weg man gehen könnte, um wieder ins Berufsleben zurückzukehren. Also saß ich jeden Tag vor dem Computer, in der Tischlerwerkstatt oder in der Küche und versuchte, einen guten Eindruck zu erwecken. Leider war der Sozialarbeiter mir überhaupt nicht wohlgesonnen. Mit seiner Kollegin verstand ich mich besser, aber sie gaben mir einen gepfefferten Brief mit, aus dem mehr oder weniger hervorging, dass mit mir nicht viel anzufangen sei. Trotzdem schaffte ich es, einen Lehrgang bei der Dekra Akademie bewilligt zu bekommen. Ich hatte es mir in den Kopf gesetzt, als Nächstes ein bisschen zu schrauben, und die Sachbearbeiterin beim Arbeitsamt legte mir nahe, es mit dem Beruf des Zweiradmechanikers zu versuchen.

Im Oktober 1999 sollte der Lehrgang bei der Dekra beginnen, leider machte mir aber meine Krankheit einen Strich durch die Rechnung. Im Sommer verbrachte ich viel Zeit in unserem Gartenhaus, übernachtete auch dort und beobachtete die Hausbesetzer auf der Straße gegenüber. Das Haus war seit Jahren besetzt, früher hatte dort ein Freund von mir gewohnt, mit dem ich nachmittags Fußball spielte. Jetzt waren die Autonomen dort eingezogen, hatten sich mit der Stadt geeinigt, dass sie dort bleiben konnten, und zogen sich ansonsten viel zurück. Wahrscheinlich hatten sie auch Angst, sich zu zeigen, und mir trauten sie schon rein gar nicht. Der Schrebergarten war auf der anderen Straßenseite, und nachts strolchten dort Hinz und Kunz am Zaun entlang. Es war ein wenig unheimlich, und zudem sagte ich dem Rotwein zu, war die ganze Nacht voll und lallte vor mich hin. Das ging eine Woche gut, dann war ich wieder psychotisch. Ich verteilte das Inventar der Gartenlaube auf dem Rasen oder warf es über den Zaun, streifte nachts durch den Grüngürtel und beobachtete die

Füchse, die auf Nahrungssuche waren. Einmal kreuzte ein Streifenwagen auf, der Beamte fragte über Lautsprecher: „Was machen Sie da?"

Ich antwortete: „Schnecken sammeln und Regenwürmer züchten. Die Tierchen haben die Dämmerung so lieb." Das war anscheinend Auskunft genug, und die Polizei rückte wieder ab. Ein-, zweimal klopfte auch jemand an der Tür, aber ich schloss nicht auf. Mein Betreuer kam mich besuchen, begutachtete skeptisch die leeren Rotweinflaschen, sagte aber nichts. Am Tag, als der Lehrgang bei der Dekra anfangen sollte, rupfte ich in meiner Wohnung den Schallplattenspieler vom Netz, fuhr mit der Bahn durch die halbe Stadt und stellte den Plattenspieler auf den Sperrmüll. Ich kam zurück nach Hause, ließ die Tür offen stehen und verdrückte mich. Ein angefangenes Manuskript hatte ich mit, ließ es in der Cafeteria im City-Center liegen. Später holte ich es zurück, niemand hatte die Seiten angetastet. Ich hatte großen Durst und ging ins Schwimmbad, um einen Schluck Wasser zu trinken. Zurück konnte ich nicht, da inzwischen jemand die Tür zugezogen hatte; der Schlüssel lag in der Wohnung. Ich vertrieb mir die Zeit im Aqualand, ging einfach durch die Sperre, legte mich auf den Rasen. Als ich genug hatte, machte ich mich dünn, ohne zu bezahlen, fuhr in die Innenstadt. Es mochte gegen zehn Uhr abends sein, als ich bei meinem Betreuer aufkreuzte.

Er kapierte gleich, was Sache war, und obwohl es schon so spät war, fuhr er mich nach Merheim. Die Nachtwache nahm mich auf, und ich bekam einen Platz auf der Geschlossenen. Dort blieb ich eine Woche, wurde dann auf die offene Station verlegt. Die Ärzte waren sehr zufrieden mit mir und meinten, ich hätte seit dem letzten Aufenthalt viel dazu gelernt. Da ich mich ruhig verhielt und niemanden störte, wurde ich nach vier Wochen wieder entlassen. Ich bekam einen neuen Termin bei der Dekra. Im Gespräch mit der Chefin stellte sich heraus, dass ich einfach zwei Monate später dort anfangen sollte. Es hatte eine leichte Irritation gegeben, als ich von der Anstalt aus dort anrief und mir ein Irrer dazwischen brüllte. Ich hatte eine Mordswut, schämte mich auch, aber die Psychologin hatte keine Einwände. Sie meinte zu meinem Arzt, ich sei ein wenig unterwürfig. Sicher kam das auch daher, dass der Lehrgang meine letzte berufliche Chance war und ich Angst hatte, sie könnten mich nicht nehmen. Reichlich müde und abgeschlagen stellte ich mich schließlich zwei Monate später bei den Kursteilnehmern vor und bemerkte als erstes einen Italiener dort, der auch in Merheim gewesen war. Wir konnten uns nicht riechen, er wollte im Bereich der Informatik arbeiten, ich war auf den Beruf des Zweiradmechanikers eingeschworen. Zunächst erhielten wir fünf Monate Unterricht in Deutsch, Mathematik, Fremdsprachen. Das Niveau war nicht besonders hoch, aber die Müdigkeit machte mir schwer zu schaffen.

Die anderen Kursteilnehmer litten auch unter psychischen Problemen und strebten wie ich eine Umschulung an. Besonders gut verstand ich mich mit Michael, der ähnlich wie ich eine Odyssee durch halb Europa hinter sich hatte. Er glaubte, als V-Mann für den Verfassungsschutz zu arbeiten und war enttäuscht, dass er für seine Informationen kein Geld erhielt. Vor Jahren hatte er mit ein paar Kumpels die Kneipen am Zülpicher Platz unsicher gemacht und hatte seine Zechkumpanen einen nach dem anderen verpfiffen. Ein schlechtes Gewissen hatte er deshalb nicht, wie er erklärte. Als die Wende kam, war er abgedreht. Er fuhr zum Köln/Bonner Flughafen, wo auf der Startbahn eine Tupolew herumstand, erklärte der verdutzten Stewardess, er sei Sondergesandter des Bundesamt für Verfassungsschutzes und müsse mit an Bord, um eine politische Mission in Moskau zu erfüllen. Natürlich ließen sie ihn nicht mit an Bord. Er flüchtete dann nach Frankreich und Spanien, wollte bei Ceuta über die Grenze nach Marokko, hatte aber seinen Reisepass nicht dabei. Dann kam er nach Mallorca, wo er zu Fuß die Insel umrundete. Schließlich verschlug es ihn dann nach Finnland, wo er bei Inari in einem gestohlenen Boot die Sümpfe erkundete. Er brach in ein Ferienhaus ein, wurde von den Besitzern überrascht und der Polizei übergeben. Schließlich verbrachte er vier Monate im Knast von Helsinki und wurde dann nach Deutschland abgeschoben. Sie steckten ihn in ein Obdachlosenheim bei Hamburg, wo er – hochgradig psychotisch – zwei Jahre verbrachte, bis es ihm gelang, nach Köln zurückzukehren, wo er eine billige Wohnung im Univiertel fand. Er wandte sich mit seiner Geschichte an den Petitionsausschuss, aber niemand interessierte sich dafür. Bei der Dekra wurde er auch nicht weiter vermittelt, da die Psychologen es ihm nicht zutrauten, eine Umschulung erfolgreich abzuschließen. Er hatte den Fehler gemacht, auf einer Party einen Joint zu rauchen, woraufhin er völlig psychotisch reagierte und zu nichts mehr in der Lage war. Sie steckten ihn schließlich in eine Behindertenwerkstatt, wo er für ein Butterbrot schuftete. Er musste den ganzen Tag für einen Hungerlohn Tüten falten und Prospekte einkleben, kein Wunder, dass ihm das keinen Spaß machte.

Ich selbst hatte mehr Glück. Nach fünf Monaten Unterricht hatte ich mich wieder etwas stabilisiert und konnte ein Praktikum in einer Fahrradwerkstatt anfangen. Mein Arzt hatte mich vermittelt. Er kannte einen Fahrradhändler, der sich bereit erklärte, mich zunächst für zwei Monate zu beschäftigen. Ich hoffte, ich könnte in dem Laden eine Ausbildung machen, aber der Meister wollte mich nicht nehmen. Ich stellte mich etwas ungeschickt an und beendete das erste Praktikum daher nach zwei Monaten. Zwei Wochen später fand ich einen anderen großen Fahrradladen, in dem ich die restlichen fünf Monate der Reha-Maßnahme verbringen konnte. Der Chef bot mir an, ich könne bei ihm eine Ausbildung zum Kaufmann im Einzelhandel machen, aber ich lehnte ab. Ich wollte lieber den Beruf des Zweiradmechanikers von der Pike auf lernen, und dazu gehörte nun einmal auch die Motorentechnik. Vielleicht war das ein großer Fehler, aber ich träumte immer noch von der großen Sahara-Durchquerung und wollte deshalb Werkstatterfahrung sammeln. Ansonsten fühlte ich mich in dem Laden wohl, fuhr mit dem Chef nach Holland und Belgien zum Einkaufen, verdrückte mich für den Rest der Zeit in die Werkstatt, wo ich den ganzen Tag lang einspeichte, eine Arbeit, die außer mir keiner machen wollte. Die Psychologin von der Dekra Akademie war mit meinen Leistungen zufrieden und meldete mich beim Berufsförderungswerk Hamburg für eine Umschulung an. Doch zunächst lag noch der Sommer dazwischen, ich konnte ein paar Wochen Urlaub nehmen, und da ich gerade genug Geld übrig hatte, buchte ich im Juni einen Flug nach Tunis.

Achtes Kapitel

Meine Maschine flog am 11. Juni 2000 von Köln-Bonn über Paris Charles de Gaulle nach Tunis. Ich stieg in Tunis aus dem Flugzeug und wurde von der Hitze erdrückt. Die Zollkontrollen waren lasch, und am Ausgang des Flughafens wurde ich gleich von einem Schlepper in Empfang genommen, der mich in ein Taxi lotste. Im Ganzen war es ein herzlicher Empfang, wiewohl jeder erst einmal seinen Bakschisch kassieren wollte. Ich fuhr quer durch die Stadt bis zu der Porte de France, wo ich im Hotel de France abstieg. Es war ein sauberes, gediegenes Hotel mit stillem Innenhof, Dusche und Toilette auf dem Flur. Morgens gab es ein gutes Frühstück, dann musste man sich eine Weile verdrücken, bis das Zimmer in Ordnung gebracht war. Ich erholte mich zwei Tage lang von dem anstrengenden Flug, streunte in der Medina von Tunis umher, ging spazieren auf der breiten Avenue Bourguiba. Mittlerweile hatte ich mich zu einem passionierten Raucher entwickelt und freute mich über die niedrigen Tabakpreise, rauchte jeden Tag eine Packung Mars-Zigaretten. Als ich ein wenig Kräfte gesammelt hatte, nahm ich den ersten Zug nach Sousse. Ich fuhr erster Klasse, das war nicht sehr teuer, aber immer noch abenteuerlich genug, da die Wagentüren offen waren, und wenn man einmal auf die Toilette wollte, musste man aufpassen, dass man nicht aus dem Zug fiel. Aber die zwei Stunden Fahrt gingen rasch herum, ohne dass es Komplikationen gab. In Sousse stieg ich aus dem Waggon und wurde von westlicher

Diskomusik erschlagen. Auf dem Bahnhofsvorplatz spielten sie Eiffel 65. Ich wunderte mich zunächst, aber dann bemerkte ich die großen Touristenschwärme, die von den Hotels am Strand jeden Morgen in die Medina strömten. Ich bezog ein ruhiges Hinterzimmer im Hotel Emira, wurde jede Nacht mehrmals wach, wenn der Imam in der benachbarten Moschee über Lautsprecher zum Gebet aufrief. Ich besuchte das Archäologische Museum und bewunderte die Mosaiken, die Leopardenkämpfe im Amphitheater darstellten. Vier Leoparden, acht Beutel Geld – ob es eine ähnliche Atmosphäre war wie heute bei großen Fußballturnieren? Ich besichtigte am anderen Tag auch das Amphitheater von El Djem, das mit dem Zug gut erreichbar war. Das Theater war gut erhalten; ich mischte mich unter die Touristen für eine kostenlose Führung und schoss viele Fotos.

Meine Ernährung bestand hauptsächlich aus Fladenbrot, Tomatenmark, Ölsardinen. Ab und an aß ich auch Datteln und Kekse. Die Preise waren sehr niedrig, und man konnte auch guten Gewissens einmal in eines der zahlreichen kleinen Restaurants gehen. Sicher war die Küche gewöhnungsbedürftig, stark gewürzt, aber schmackhaft. Einige Tage später fuhr ich weiter nach Sfax, wollte mir das Hotel ansehen, in dem Jascho dreißig Jahre zuvor abgestiegen war. Er hatte von einem kleinen Hotel am Eingang der Medina berichtet, das billig und sauber war. Aber die Zeiten hatten sich geändert – wo früher ein Hotel war, gab es jetzt deren drei, und eines war abgerissener als das andere. Ich stieg eine Nacht dort ab, bekam ein dunkles kleines Zimmer ohne Fenster und Waschbecken, dafür aber reichlich Ungeziefer. Ich beschwerte mich auch nicht, als ich bemerkte, dass jemand in der Dusche sein Geschäft erledigt hatte, sah aber am nächsten Tag zu, dass ich Land gewann. Im Ganzen fand ich Sfax wenig sehenswert, eine betriebsame Industriestadt ohne große Attraktionen.

Von Sfax aus fuhr ich weiter mit dem Bus bis nach Tozeur, wo ich im Hotel Aicha abstieg. Ich bezog ein kleines Zimmer mit hoher Decke und winzigem Fenster, was aber den Vorteil hatte, dass es dort trotz der sommerlichen Hitze gut erträglich war. Als Erstes sah ich mir noch einmal den Palmenhain von Belvédère an, den ich von einer früheren Reise her kannte. Der dort befindliche Campingplatz hatte mittlerweile dicht gemacht, und der Palmengarten trocknete langsam aus, da die Touristen in den umliegenden Hotels so viel Wasser verbrauchten. Ich muss gestehen, dass ich auch nicht auf eine tägliche Dusche verzichtete, obwohl ich wusste, dass der Grundwasserspiegel langsam absank. Ich sah mir noch den kleinen Badegumpen zwischen den Palmen an, in dem die Kinder planschten. Hier hatte ich mich noch zehn Jahre zuvor mit Sophie vergnügt. Leider war der Kontakt ganz abgebrochen; ich hörte, sie sei schwer an Malaria erkrankt, aber arbeite weiterhin als Reiseleiterin. Ich hatte sie auch wirklich genug mit meinen schizophrenen Briefen terrorisiert, aber es war nicht mehr zu ändern.

In einem Andenkenladen ein paar Ecken weiter erstand ich einen kleinen Teppich, machte mich dann auf den Weg zurück zu meinem Hotel. Ich hatte eine Imbissbude aufgetan, an der es kühles alkoholfreies Bier zu kaufen gab. Dann zog ich mich auf mein Hotelzimmer zurück, trank das Bier, rauchte eine Kippe nach der anderen, übersetzte ein Lied von Georges Brassens ins Deutsche. Am folgenden Tag suchte ich eine Reiseagentur auf und mietete dort für eine Woche einen Peugeot 107. Ich packte mein Gepäck in den Kofferraum, fuhr über die

Asphaltstraße durch das Chott el Djerid bis nach Kebili. Dies war eine Reise auf Jaschos Spuren, denn er hatte den Weg dreißig Jahre zuvor zu Fuß zurückgelegt, als es dort noch keine Straße gab, auf dem zum Damm aufgeworfenen Weg. Ich machte mich auch auf den Weg zum Fort Rekeb, das relativ gut zu erreichen war. Das Auto ließ ich an der Straße stehen und ging die restlichen zwei Kilometer zu Fuß, da ich fürchtete, in einem Sandloch stecken zu bleiben. Das Fort war reichlich zerfallen. Ich machte ein paar Fotos, auch mit Selbstauslöser. Dann sprach ich einige geheime Gedanken aus. Deswegen musste ich mir keine Sorgen machen, denn im Umkreis von drei Kilometern war ich der einzige Mensch. Und doch hörte ich genau, wie jemand auf meine Worte reagierte und laut „Depp" sagte. Mit Skorpionen und Schlangen hätte ich gerechnet, aber nicht mit Halluzinationen. Und doch musste es eine Trugwahrnehmung sein, denn weit und breit war niemand zu sehen. Dies war der Punkt, an dem ich endlich begriff, dass ich unter Halluzinationen litt. Mein Arzt sprach später von einer „kopernikanischen Wende", denn nun sei mir endlich klar geworden, dass ich nicht der Mittelpunkt der Welt sei, sondern nur ein unbedeutendes Zahnrad im Getriebe, das sich nicht so drehte, wie es eigentlich der Fall sein sollte. Ich schoss noch ein paar Fotos, taperte dann auf der Piste zurück zum Auto, fuhr zurück zu meinem Hotel in Kebili. Die Verkäuferin im Millionen-Store um die Ecke flirtete ein bisschen mit mir, aber ich war mir nicht klar, wie ich reagieren sollte, schließlich war sie eine Araberin, und so richtig gefiel sie mir auch nicht. Viele Tunesierinnen waren recht hübsch und westlich orientiert, aber was die Religion anging, so trennten uns Welten. Ich war auch nicht nach Tunesien gefahren, um nach Sex Ausschau zu halten, und die einzige Gelegenheit ließ ich ungenutzt verstreichen. In der Regel waren die Touristinnen auch nur in männlicher Begleitung unterwegs.

Am Tag darauf unternahm ich die letzte Tour mit dem Peugeot, fuhr über eine schlecht asphaltierte Straße in Richtung der algerischen Grenze nach Hazoua. Ich hatte nur zwei Flaschen Wasser dabei, und auf einer Strecke von 140 Kilometern kam mir nur ein einziges Auto entgegen. Hätte der Wagen eine Panne gehabt, so hätte ich 70 Kilometer zu Fuß zurücklegen müssen. Zum Glück ließ mich der Wagen nicht im Stich, und nach einem letzten Stück auf der Schotterstraße erreichte ich die algerische Grenze, wo drei Zöllner auf mich warteten und mich zurücklotsten auf tunesisches Staatsgebiet. Sie fragten, was ich dort suchte und woher ich käme, was mein Beruf sei. Nach zehn Minuten war ihnen klar, dass ich nur ein harmloser Tourist war, und sie ließen mich wieder ziehen.

Als ich alle Asphaltstraßen der Umgebung erkundet hatte, packte ich eines Morgens mein Gepäck in den Kofferraum, setzte mich ans Steuer und düste davon. Eine deutsche Touristin, die mit einer Gruppe von Radfahrern im gleichen Hotel übernachtet hatte, staunte Bauklötze. „Ich glaub es ja nicht." Es ging den Weg zurück nach Tozeur, wo mich der Autovermieter freudestrahlend erwartete und den Wagen in Empfang nahm. Ich blieb noch einen Tag im Hotel Aicha, machte mich am folgenden Tag auf den Weg zum Busbahnhof und nahm den ersten Bus zurück nach Gafsa. Dort übernachtete ich und nahm dann den Nachtzug zurück nach Tunis. Die Tunesier waren sehr freundlich und aufgeschlossen, wunderten sich jedoch ein wenig über mich, was ich in so abgeschiedenen Gegenden suchte und was wohl der Zweck meiner Reise sei. Ich stieg wieder ab im Hotel de France und gönnte mir noch ein paar Tage lang Ruhe, bevor ich das Flugzeug zurück nach Paris nahm. Zwischenlandung im Flughafen Charles de Gaulle, dann mit Air France zurück nach Köln/Bonn.

Ich hatte noch vier Wochen Praktikum abzuleisten, bevor ich den Lehrgang zum Zweiradmechaniker im Berufsförderungswerk Hamburg beginnen sollte. Der Chef schimpfte erst einmal über mein Aussehen. Ich hatte mir einen Bart wachsen lassen, was schon an der Grenze für Aufsehen gesorgt hatte. „Du siehst aus wie Karl Marx", war die einstimmige Meinung, und der Chef sagte: „Du musst den Bart abmachen, die Kunden haben ja schon Angst vor dir." Also rasierte ich mich pflichtbewusst und bosselte noch vier Wochen lang Felgen zusammen, bis der letzte Tag meines Praktikums kam und ich mich mit einer Flasche Champagner von den anderen verabschiedete. Der Chef war schlecht gelaunt, weil ich die Ausbildung nicht bei ihm antreten wollte, und vielleicht war es ein großer Fehler, nach Hamburg zu gehen, da ich dort allerhand über Stahlbezeichnungen und technisches Zeichnen lernte, aber nicht das, worauf es im Endeffekt ankam, nämlich Teile zu tauschen und Rahmen aufzubauen. Andererseits wusste er auch nichts von meiner psychischen Erkrankung und hätte mich bei dem ersten Rückfall sicher sofort gefeuert, wohingegen ich in Hamburg gut medizinisch betreut war.

Und so packte ich meinen Rucksack zusammen, tat noch einigen Plunder in eine Reisetasche und nahm schwer bepackt den Nachtzug nach Hamburg. Am Hamburger Hauptbahnhof irrte ich einen Weile orientierungslos hin und her, bis ich die richtige U-Bahn-Haltestelle fand und die Linie 1 nach Farmsen nahm. Ich mochte gegen acht Uhr früh im Berufsförderungswerk ankommen, wurde gleich von einer rothaarigen Rehabilitandin herzlich begrüßt: Ich war sicher einer der wenigen, die mit dem Zug anreisten, da die meisten anderen mit dem Auto kamen. Ich ließ mein Gepäck nicht aus den Augen, stellte mich im Internatsbüro vor und bekam zu meiner Überraschung sofort ein Zimmer zugewiesen. Das Zimmer mochte elf Quadratmeter groß sein, hatte ein Waschbecken, ein Tisch, ein Bett. Die Dusche war auf dem Flur. Ich fühlte mich dort relativ gut aufgehoben, wenngleich ich sofort einen Kleinkrieg mit meinem Nachbarn begann, der mir sehr unsympathisch war.

Jeden Morgen kamen die Putzfrauen auf das Zimmer, um dort sauber zu machen und den Müll zu entsorgen. Zunächst besuchte ich noch den Reha-Vorbereitungslehrgang, da die Ausbildung erst im Januar beginnen sollte und mein Sachbearbeiter darauf pochte, dass ich die Zeit sinnvoll überbrückte. In dem Lehrgang war ich der Überflieger, da ich eine bessere Schulbildung als die anderen hatte, wohingegen die übrigen Teilnehmer schon deutlich mehr an Autos und Motorrädern herumgeschraubt hatten als ich.

Nach zwei Monaten bekam ich ein neues Appartement zugewiesen, das neben zwei Zimmern und Telefon auch Platz für eine Dusche und eine Toilette hatte. Das war eine wesentliche Verbesserung, doch leider war das Haus sehr schlecht schallisoliert, so dass man alles mitbekam, was im Nebenzimmer vor sich ging. Ich litt unter Schlafstörungen, war oft die ganze Nacht lang wach, wiewohl ich jeden Morgen um sieben zur Ausbildung antreten musste. Gewöhnlich schaute ich dann Space-Night im Bayrischen Fernsehen und nahm die Fotos aus dem Weltall zum Anlass für meine Recherchen in Sachen Sciencefiction. Meinen ersten Roman hatte ich auf einer Homepage untergebracht und die Rechte an einen Ebook-Verleger in der Schweiz abgetreten. Leider machte der

Verlag bald darauf pleite, so dass ich auf eigene Faust versuchen musste, meine Schriftstücke unters Volk zu bringen. Ich bekam auch einige Resonanz von Lesern, wiewohl die Homepage besser hätte laufen können.

Der Reha-Vorbereitungslehrgang ging zu Ende, und wir begannen mit der Metallgrundausbildung in der Fahrradwerkstatt. Wir hatten zwei Meister, von den der eine mich gleich von Anfang an aufs Korn nahm und es sicher gern gesehen hätte, wenn ich durchgefallen wäre. Wir lernten auch den Umgang mit der Dreh- und der Fräsmaschine, Bohren, Feilen, Sägen und Schweißen. Obwohl ich nun einen vollen Acht-Stunden-Tag hatte, fiel mir der Unterricht leicht, denn wir hatten viel Freiraum, konnten zwischendurch auch mal einen Kaffee trinken, vor der Tür eine Fluppe rauchen, ein wenig schwätzen. Ich verdrückte mich Mittags auch regelmäßig zehn Minuten vor der Pause, was den Meister zu der Äußerung veranlasste: „Er wird sich noch wundern." Im Ganzen war das Berufsförderungswerk auch eher für Körperbehinderte vorgesehen als für Menschen mit psychischer Erkrankung. Sicher, es gab einen medizinischen und einen psychologischen Dienst, aber der Psychologe war hoffnungslos unqualifiziert, saß den ganzen Tag nur in seinem Büro, blätterte in Zeitschriften. Die übrigen Rehabilitanden verstanden nicht, was los war, wenn ich mal schräg draufkam und ärgerten sich wiederum über mich, wie ich jeden zweiten Abend mit Jogginganzug und Sportschuhen locker-flockig im anliegenden Grünstreifen meine Runden zog. Ich trainierte ein wenig, um für den nächsten Urlaub fit zu sein, und die Gelegenheit ergab sich bald. Ulrike, die nach wie vor in Rodenkirchen wohnte und sozial sehr engagiert war, machte mich auf eine Ausstellung über das Leben der Sahraouis im Völkerkundemuseum von

Köln aufmerksam. Im Rahmen der Ausstellung wurde für Journalisten und Bürgerrechtler eine Reise in die Westsahara von Medico angeboten. Ulrike hatte selbst keine Zeit, um dorthin zu fahren, aber sie bezahlte mir den Flug, im Ganzen um die 1100 Euro. Normalerweise hätte ich zum Unterricht gehen müssen, aber ich stellte mich ganz blöd und verdrückte mich über Pfingsten, feierte einfach drei Tage lang krank, was mir viel Ärger bei der Reha-Beraterin einbrachte. Der Flug ging von Frankfurt nach Tindouf, zunächst fand ich alle Mitreisenden recht sympathisch, aber es waren fast alles Journalisten, und schon bald wurde mir klar, dass uns Welten trennten. Ich war nur ein schizophrener Strolch, ein Orangen- und Zitronendieb, der trotz psychischer Probleme regelmäßig in Nordafrika aufkreuzte. Die Journalisten dagegen: Stets hundert Prozent korrekt, Weltverbesserer, die sich für edle Menschen hielten, immer auf der Seite der Schwachen und gegen den Imperialismus der westlichen Staaten. Mir taten die Sahraouis leid, die wenig zu essen und zu trinken hatten und in der Gluthölle Algeriens in Flüchtlingslagern um ihr tägliches Überleben kämpfen mussten. Aber bei aller Sympathie war ich auch viel in Frankreich und Marokko unterwegs gewesen und nahm ihren Protest skeptisch auf. Ich glaubte nicht daran, dass sie in der Lage gewesen wären, einen eigenen Staat zu gründen. Wir fuhren im Konvoi von mehreren Landcruisern durch die Westsahara, und alles, was ich sah, war ödes Geröll, Sand und Steine.

Es war bewundernswert, wie die Fahrer auch in dunkelster Nacht ihren Weg fanden, ohne GPS im Licht der Scheinwerfer querfeldein bretterten, und ich wünschte mir, auch einmal so ein gutes Orientierungsvermögen zu entwickeln. Mir wurde das Programm bald zuviel, ich schaffte es nicht mehr, immer nett und freundlich zu sein, und es gab keinen Ort, an den ich mich zurückziehen konnte. Meine Gastgeber verstanden nicht, was mit mir los war, und ich konnte mich schlecht mitteilen. Wir schliefen in Nomadenzelten in den Flüchtlingslagern an der Grenze zu Marokko. Einmal suchte ich mitten in der Nacht nach unserem Zelt, fand es aber nicht und wurde zu einem anderen Zelt geschickt, wo Leute aus unserer Gruppe übernachteten. Ich erklärte hektisch, wo das andere Zelt sei, was die Sahraouis nur zu der Äußerung veranlasste: „Este hombre es un animal." Sie schickten mich schließlich zu der Abschlussveranstaltung, und ich brach fast zusammen, wollte nur noch schlafen. Die Einheimischen beäugten mich misstrauisch, ließen mich aber in Ruhe, wobei ich großes Glück hatte, denn wir waren immer noch in Algerien, und es herrschte Bürgerkrieg, ein gefährliches Terrain. Ich konnte auch keinem erklären, was mit mir los war. Ich hatte Angst, die Gastfreundschaft zu verletzen und hätte gerne viel Geld gespendet für die Sahraouis, die nicht genug zu essen hatten, aber ich war selber arm und immer knapp bei Kasse. Es war sengend heiß in Tindouf, und dabei war es noch nicht einmal Sommer. Im Juli musste dort eine Gluthitze herrschen – die Kinder wurden jedes Jahr nach Spanien geschickt und kehrten erst im Oktober wieder zurück. Wer einen guten Schulabschluss machte, ging ins Ausland, um dort zu studieren. War das Studium beendet, kehrten die Studenten nach Hause zurück, ohne eine große Perspektive zu haben. Man schlug sich so durch. Aber in einem waren sich alle einig: Sie wollten ihr Land zurück, notfalls würden sie mit ihren bloßen Händen darum kämpfen.

Wir besichtigten ein Krankenhaus, eine Hühnerfarm und einen großen Garten mitten in der Oase. Die Einheimischen versuchten alles, um auf einen grünen

Zweig zu kommen, aber es gab wenig Wasser, kaum Arbeit, sie waren von den Hilfeleistungen aus dem Ausland abhängig. Gerne hätte ich mich umgänglicher gezeigt, aber die Psychose kam wieder einmal dazwischen, und die allgemeine Meinung war, dass ich nur ein kranker Idiot sei, der irgendwelchen Unsinn von der R.A.F. erzählte und krumme Nazigedanken im Kopf hätte. Vielleicht wäre es besser gewesen, nicht dorthin zu fahren, und ich machte mir schon Gedanken, was das nächste Mal passieren würde, wenn ich nach Algerien käme. Vielleicht würden sie beim dritten Mal gar nichts mehr sagen, sondern einfach ihre Waffe zücken und abdrücken. Ich machte nur eine Handvoll Fotos, weil ich mich schämte, meine Kamera zu zücken. Nicht so die Journalisten: Sie knipsten alles und jeden, zeigten nie eine Schwäche, es sei denn wegen der Hitze. Ich wünschte mir, auch einmal so eine heuchlerische Sympathie an den Tag legen zu können, aber ich war kein Reporter, würde nie einer werden und konnte den Wüsteneinwohnern auch nicht helfen, da ich kein Geld hatte. Auf dem Flughafen lernte ich eine Journalistin aus Berlin kennen, die mich ein wenig aushorchte; ich fragte mich, was sie wohl wollte. Merkte sie nicht, dass ich völlig daneben war? Sie reagierte enttäuscht, als ich ihr von meiner Psychose erzählte, und alle anderen schnitten mich. Ich war froh, als ich glücklich im Flugzeug war auf der Rückreise nach Deutschland, und wenngleich ich noch zwei, drei Telefonnummern abstaubte, meldete ich mich nie wieder bei den anderen Reiseteilnehmern. In Frankfurt machte ich mich ohne ein Wort des Abschiedes aus dem Staub und nahm den ersten Zug zurück nach Hamburg.

Dort erwartete mich eine traurige Nachricht. Ein Rehabilitand war gestorben, kein Mensch wusste warum, die Angehörigen baten darum, von Rückfragen abzusehen.

Vielleicht ein Fall von Selbstmord, auf jeden Fall ein tragisches Geschick. Ich mochte den Kollegen auf jeden Fall und hätte mich gerne etwas mit ihm angefreundet, aber nun war es zu spät. Ich wusste auch nicht, was er für ein gesundheitliches Problem hatte, er war recht beleibt, wirkte aber sonst fit. In unserem Kurs waren alle daneben, einer fing an zu heulen, der Tag war im Eimer. Aber der Unterricht ging weiter, und ich mogelte mich so durch. Ich war nicht sehr motiviert und diszipliniert und wollte den Kurs mit einem Minimum an Aufwand durchziehen, was beinahe daneben gegangen wäre, denn ich hatte viele Fehlstunden, und das Arbeitsamt erwartete, dass man immer anwesend war und sein Bestes gab. Wir machten eine Zwischenprüfung, fertigten ein Werkstück an, mit Hängen und Würgen schaffte ich die Prüfung.

Dann kam der Sommer, und die Ferien kündigten sich an. Ich hatte einen Flug nach Kairo gebucht, was viel Verwunderung hervorrief. „So etwas macht hier sonst keiner", war die allgemeine Meinung. Und ein alter Freund meinte, „du kommst bestimmt nicht wieder zurück." Er wunderte sich über mich, sagte, „du kannst hier in deiner Bude nicht schlafen, ohne dass ein Notlicht brennt, und dann willst du mit deiner Psychose mitten nach Nordafrika? Ich wünsche dir ja nur das Beste, aber ich mache mir große Sorgen."

Ich ließ jedoch nicht mit mir reden und wollte die Reise auf Biegen und Brechen durchziehen. Der Flug ging von Düsseldorf über London nach Kairo, es war ein großer Vogel, in dem wir saßen, hunderte von Passagieren, man merkte es kaum, wie die Maschine abhob, doch der Pilot brachte uns sicher und fahrplanmäßig zum Flughafen von Kairo. Ich stieg die Gangway herunter, wurde von der Hitze fast erschlagen. Wieder einmal war ich alleine unterwegs, um mir die schönsten Gebiete der westlichen Wüste anzusehen, und es versprach ein ereignisreicher Urlaub zu werden.

Neuntes Kapitel

Mein erster Eindruck von dem fremden Land war, dass es dort nur so von Schlitzohren wimmelte. Sie schienen genau zu wissen, wieviel bei mir zu holen war und ließen sich dementsprechend entlohnen. Gleich auf dem Weg vom Flughafen zum Taxistand knöpfte mir ein Ägypter 10 Pfund ab, nur damit er mich zum Taxi lotste. Ich war zu müde, um zu verhandeln. Das Taxi fuhr mich in die Innenstadt zu einem großen Hotel mit Klimaanlage. Ich blieb dort zwei Nächte, ruhte mich von den Strapazen des Fluges aus. Wie ich es schon früher von Nordafrika gewohnt war, kamen einem die Araber immer wieder mit Hitler und wollten wissen, was ich davon hielt. „Hitler no good", betonte ich immer wieder, und bekam von einem Libyer die Antwort: „Ghaddafi no good."

Kairo war ein Moloch, dort lebten neun Millionen Menschen, der Verkehr war chaotisch, die sanitären Bedingungen schlecht. Selten hatte ich einen häßlicheren Platz gesehen als den Busbahnhof von Kairo. Ich kreuzte dort morgens um zehn auf, wollte wissen, wann der Bus nach Bahariya fuhr, bekam zur Antwort, „gegen 18 Uhr abends". Was sollte ich nun den ganzen Tag lang tun? Das Hotelzimmer hatte ich schon verlassen, die Gegend wirkte nicht sehr einladend für einen Spaziergang, Cafés gab es dort keine. Also lungerte ich stundenlang auf dem Busbahnhof herum, aß Brot mit Bohnenmus, das abstoßend aussah und auch so schmeckte. Irgendwie ging die Zeit dann doch herum, und letztendlich fuhr der Bus. Allerdings nur bis in die Vorstadt von Kairo, denn dort streikte der Motor. Der Fahrer kroch unter das Fahrzeug, schraubte eine Stunde lang an der Kardanwelle herum, bis er mit seinen Bemühungen Erfolg hatte. Es konnte weitergehen. Die Hitze verschlug einem den Atem. Zwischendurch hielt der Fahrer kurz an, damit man austreten konnte. Ich hatte Angst, dass er ohne mich weiterfahren könnte und beeilte mich. Gegen zehn Uhr nachts kamen wir dann schließlich in Bahariya an, und die Schlepper stürzten sich auf mich, war ich doch der einzige Tourist. Ich fragte, ob noch ein Zimmer frei sei im Hotel Alpenblick, aber dort war schon geschlossen. Also lotste mich mein ‚Freund' zu einer malerischen Lodge, die sehr schön im Palmengarten gelegen war. „Welcome to Egypt", versicherte er mir immer wieder. Die Rezeption war noch geöffnet, und ich bekam eine schöne Hütte zugewiesen. Wiewohl ich zunächst etwas Muffensausen hatte, dass der Schlepper mir eins über den Schädel hauen könnte, um dann mit meinem Geld in der Dunkelheit zu flüchten, war diese Sorge unbegründet. Er hieß Achmed und verabredete sich mit mir für den kommenden Vormittag. Er wollte mir die Oase zeigen und seinen Garten, und auf meine Nachfrage erklärte er, ich könne auch einen Landcruiser mieten, um mit dem Geländewagen die westliche Wüste zu erkunden. Ich schlief ganz gut, Mücken gab es dort keine, aber lästige Fliegen, die einem immer wieder um den Kopf schwirrten und den Schweiß aufsaugten. Ich machte die Insekten platt und sank erschöpft in den Schlaf.

Am anderen Morgen gab es Frühstück im benachbarten Café. Bald darauf erschien Achmed. Er führte mich zu seinem Haus und stellte mich seiner Familie vor. Er trug einen Overall, den er bei einem italienischen Rallyefahrer abgestaubt hatte, wie er erklärte. Ich begutachtete einige seiner Fotos, die ihn mit Touristen zeigten. Er hatte gerade seinen Militärdienst abgeleistet und ein halbes Jahr im Libanon und in Gambia verbracht.

Europa hatte er noch nicht bereist. Er hatte auch einen jüngeren Bruder, der mitkommen wollte in die Wüste und mir gleich versicherte: „I love you." Ich blockte ab. Homosexuelle konnte ich nicht leiden, und was auch immer in den Köpfen meiner Gastgeber vor sich ging, es konnte nichts Gutes bedeuten. Ich fand zum Glück einen Laden, in dem es kaltes alkoholfreies Bier gab. „Birell" stand auf den kleinen grünen Flaschen, und es war wunderbar, bei der Hitze sich einen auf den Docht zu kippen.

Mittags flirrte die Luft über dem Asphalt, die hohen Temperaturen waren unerträglich. Ich verzog mich in den Schatten der Lodge, aß etwas Brot mit Thunfisch und Tomatenmark, blätterte in meiner Reiseliteratur. Achmed wollte mir noch seinen Garten zeigen, aber ich lehnte höflich ab. Ich hatte absolut keine Energie mehr, es gab auch nicht viel zu sehen in der Oase. Am folgenden Tag traf ich Achmed wieder, und der Landcruiser brummte heran. Wie waren zu viert: Achmed, sein Bruder, der Fahrer und ich. Achmed hatte einige Lebensmittel eingekauft, damit wir unterwegs etwas zu essen hatten. Zunächst fuhren wir über die Asphaltstraße in Richtung Farafra. Wir kamen an einer Quelle vorbei, aber ich vertraute der Wasserqualität nicht ganz, wohingegen die anderen in großen Schlücken den Durst stillten. Dann ging es querfeldein durch die Schwarze Wüste. Wohin man auch blickte, überall nur schwarzes Geröll. Ich sammelte Steine und schoss ein paar Fotos. Ich fragte Achmed, ob es dort auch Sandrosen gäbe, woraufhin er verwundert den Kopf schüttelte: „Sandrosen? Was ist das denn? Davon habe ich noch nie gehört."

Es wäre für meine Begleiter ein Leichtes gewesen, mich mitten in der Wüste stehen zu lassen und mit meinem

Gepäck zu verschwinden, aber sie dachten wohl gar nicht daran, mich zu berauben. Stattdessen waren sie sehr freundlich und nahmen auf meine Wünsche Rücksicht. Gegen Mittag erreichten wir eine Dünenlandschaft. Der Fahrer ließ etwas Luft aus den Reifen, damit er im Sand besser manövrieren konnte. Dann setzte er den Landcruiser vorsichtig und mit viel Geduld rückwärts, bis das Auto im Schatten einer Düne zu Stehen kam. Er schaltete den Motor ab, machte ein kleines Feuer – das Holz hatte er mitgebracht – und kochte eine Kanne Tee. Ich holte eine Isomatte aus dem Kofferraum und legte mich in den Schatten für ein kleines Nickerchen, wohingegen der Fahrer sich meinen Walkman auslieh und mit skeptischer Miene R.E.M. hörte.

Gegen Abend fuhren wir weiter in die Weiße Wüste. Bizarre Kalksteinformationen schienen aus dem Boden zu wachsen. Dazwischen war genug Platz, um mit dem Auto zwischen den pilzartigen Gebilden hindurch zu cruisen. Der Fahrer fuhr ohne Kompass und Navigationssystem, vertraute nur seiner Kenntnis des Geländes. Gegen abend kamen wir in einer Senke zum Stehen. Achmed schürte ein Feuer und kochte in einem großen Topf das Gemüse und das Fleisch. Dazu gab es Fladenbrot und Salat mit Thunfisch. Der kleine Bruder von Achmed wollte anscheinend eine Party feiern, aber mir wurde plötzlich alles zu viel. Ich war müde und wollte nur noch schlafen. Es dämmerte auch schon. Ich entschuldigte mich bei den anderen und verdrückte mich mit einer Decke und einer Isomatte in den Schatten. Ich wusste nicht, wie meiner Begleiter das auffassten, auf jeden Fall wurde es bald ruhig in unserem Lager, und ich konnte gut schlafen. Nur einmal mitten in der Nacht wurde ich wach und sah, wie sich ein Wüstenfuchs an unseren Küchenabfällen zu schaffen machte. Skorpione sah ich keine, am anderen Morgen konnte man nur die Spuren von Pillendrehern im Sand ausmachen. Ich war zu müde, um ein Foto von dem Fenek zu schießen, und Achmed versicherte mir später, in der Tat seien es zwei Füchse gewesen, er hätte sie genau beobachtet. Als die Sonne am Horizont emporstieg, packten wir unsere Sachen zusammen und machten uns auf den Rückweg. Der Fahrer bemerkte im Sand eine Antilopenspur, folgte der Spur eine Weile, kehrte dann auf den ursprünglichen Weg zurück. Ich wusste nicht, wie er sich orientierte, ich hätte mich alleine dort hoffnungslos verfranst, aber schließlich war er in der Gegend aufgewachsen und kannte die Piste im Schlaf. Schließlich erreichten wir wieder die Asphaltstraße; ich war erleichtert und bat den Fahrer, kurz anzuhalten, damit ich im Sand austreten könnte. Kurz darauf erreichten wir Farafra, ich stieg in einem einfachen Hotel ab und steckte Achmed noch den Rest des Geldes zu, das ich ihm schuldig war. „Welcome to Egypt", sagte er ein letztes Mal, umarmte mich, und dann waren sie weg, der Fahrer, Achmed, sein kleiner Bruder, verschwanden mit dem Landcruiser und brummten in Richtung Bahariya zurück.

Am nächsten Morgen wartete ich in einem Café an der Hauptstraße auf den Bus nach Dakhla. Der Bus kam dann tatsächlich, in Wirklichkeit war es aber nur ein kleiner VW-Transporter mit zehn Sitzen. Der Fahrer, ein junger Ägypter, schien seinen Spaß daran zu finden, mit einem Affenzahn durch alle Kurven zu schlittern. Es war drückend heiß, und ich nahm nur wenig Flüssigkeit zu mir, da ich meine Blase nicht unnötig strapazieren wollte. Wir machten schließlich doch eine Rast, dann ging es weiter auf dem schlechten Asphalt in Richtung Süden. Nach vier Stunden Fahrt erreichten wir Dakhla. Zu Fuß ging ich von der Bushaltestelle zu dem kleinen Hotel und mietete für zwei Tage ein kleines Zimmer. Gleich neben dem Hotel gab es einen Millionenstore, wo ich vergeblich versuchte, eine Dose Mais zu erstehen. In Ägypten schien es das nicht zu geben, also begnügte ich mich mit braunen Bohnen, „Ful" genannt. Ich war knapp bei Kasse und tauschte mein letztes Bargeld in der örtlichen Bank. Zwar hatte ich eine Visa-Karte dabei, aber ich war mir nicht sicher, ob die Ägypter die Karte auch akzeptieren würden, was sich jedoch als unbegründet herausstellen sollte. Ich hatte die Nase voll vom Feilschen und aß in der Imbissbude vor dem Hotel zwei Portionen Falafel, ohne zu bezahlen. Ich nahm an, dass die Bude mit zu dem Hotel gehörte und das Frühstück im Preis inbegriffen sei. Das war jedoch nicht der Fall, und spät abends rückte mir der Portier auf den Pelz, ich solle doch die Mahlzeit noch bezahlen. Ich entschuldigte mich, sagte, ich sei schon müde, er möge doch am anderen Tag noch einmal fragen. Mir war leicht übel von dem schlechten Trinkwasser, obwohl ich es mit Mikropur versetzt hatte. Vielleicht lag es auch an der Hitze und daran, dass ich zu wenig getrunken hatte auf der Fahrt. Mein Magen beruhigte sich Gott sei Dank wieder, ich fiel in bleiernen Schlaf, um mich am nächsten Morgen in aller Frühe zu verdrücken. Ein schlechtes Gewissen hatte ich schon, dass ich die Zeche prellte, aber ich wusste nicht, wie ich mich sonst hätte wehren sollen. Mit Ach und Krach erreichte ich den Busbahnhof und saß wenig später im Bus nach Assiut.

Im Reiseführer stand, dass Assiut aufgrund des islamischen Fundamentalismus mit Vorsicht zu genießen sei, und diese Warnung bestätigte sich. Ich kam am Busbahnhof an, dort hieß es, Touristen dürften nicht mit dem Bus nach Luxor fahren, ich solle die Eisenbahn nehmen. Am Hauptbahnhof stand ich eine Stunde lang an. Als ich endlich an die Reihe kam, weigerte sich der Schalterbeamte, mir eine Fahrkarte auszustellen. Ich versuchte, auf Englisch zu verhandeln, aber er sprach nur Arabisch. Ich verstand nicht, worin das Problem lag, und ging dem Fahrkartenverkäufer eine halbe Stunde lang auf die Nerven. Dann resignierte ich, wartete mit meinem Gepäck in der Schalterhalle und vergewisserte mich, dass der Zug in zwei Stunden abfuhr. Ich wusste nicht, was ich machen sollte, und war froh, als ein Polizist mich ansprach und mir weiterhalf. Er redete kurz mit dem Beamten und erklärte mir dann, ich solle noch eine Stunde warten, dann bekäme ich mein Ticket. Die Zeit verging im Flug. Bei dem dritten Anlauf bekam ich dann glücklich meine Fahrkarte, und der Polizist begleitete mich noch in den Zug, um mir meinen Sitzplatz zu zeigen. Ich war froh, Assiut hinter mir zu lassen, denn der Zirkus um die Fahrkarte war mir dann doch etwas unheimlich.

Bis nach Luxor war es nicht weit, und ich fand auf Anhieb das Hotel, dass mir der Polizist empfohlen hatte. Langsam hatte ich keine Energie mehr, um mir das Ambiente genau anzusehen, und verbrachte den größten Teil des Tages auf dem Hotelzimmer. Bei Thomas Cook zog ich mir mit der Visa-Karte ein Bündel Geldscheine. Gleich nebenan gab es ein klimatisiertes Restaurant von Mc Donalds. Ich war überrascht: Die Burger schmeckten dort genauso wie zu Hause. Ich kaufte noch einige Souvenirs und setzte mich ein paar Tage später in den Zug nach Kairo. Der Zug fuhr die ganze Nacht lang, und ich fand tatsächlich etwas Schlaf. In meinem Abteil waren zwei kanadische Touristen, die eine Weltreise machten. Sie erzählten, ihr nächstes Ziel sei Portugal. Ich war etwas neidisch, da mein Urlaub bald zu Ende ging und ich meine

Ausbildung in Hamburg weiterführen musste. Ich nahm ein teures Hotelzimmer in Kairo, trank den ganzen Tag nur Bier – mittlerweile war ich auf „Stella" umgestiegen – und ging dann und wann in einer Bude um die Ecke Falafel essen. Im Nebenzimmer herrschte Rotlicht, und ich hörte eine Prostituierte stöhnen. Die Tage gingen vorbei, und ich war völlig lethargisch. Nur die Pyramiden besichtigte ich noch, machte ein paar Fotos und wartete darauf, dass die Zeit vorbeiging. Dann kam der Tag meines Abfluges. Alles verlief ohne Komplikationen, die Boeing landete in London, von da aus ging es weiter nach Düsseldorf.

Zwei Tage später fuhr ich zurück nach Hamburg. Die Kollegen machten ihre Witze: „Na, du alter Ägypter!" Der Meister sagte, er hätte vom Boden aus mein Flugzeug gesichtet. Ich lachte ein bisschen, bald ging der Alltag weiter. Wir lernten Elektrotechnik und Werkstoffkunde. Ab und zu mussten wir Felgen einspeichen, dazu Technisches Zeichnen, Kraftverläufe bei Nabenschaltungen, Übersetzungen und Fahrradkunde. Ich war kein besonders guter Schüler und quälte den Meister ein wenig mit meinen psychotischen Einfällen. Aber irgendwie schaffte ich alle Prüfungen, verkroch mich in meiner Freizeit auf dem Zimmer und hörte Musik, trank dazu etwas alkoholfreies Bier. Ansonsten wartete ich auf das Wochenende, und wenn ich nicht mit dem Zug nach Köln fuhr, saß ich den ganzen Sonntag nur vor dem Fernseher und schaute Videos.

Dann begann das dritte Semester. Es gab Komplikationen. Ich hatte mich in meine Nachbarin im Internat verliebt und steigerte mich in diese Fantasie hinein. Sie hieß Karin, war klein, blond, gutaussehend und aufgeweckt. Leider war das Wohnheim schlecht schallisoliert, und ich bekam ihr reges Liebesleben live zu

Gehör. Es brachte mich jedesmal fast um den Verstand, wenn sie mit einem anderen im Bett lag. Zudem versuchte meine Ärztin mich auf Seroquel umzustellen, und ich vertrug das Medikament nicht. Ich konnte nicht mehr schlafen, redete die ganze Nacht vor mich hin, lachte blöde. Ein Mitschüler meinte kopfschüttelnd: „So wie du möchte ich auch einmal draufkommen." Der neue Meister war auch nicht gut auf mich zu sprechen, da ich nichts von Motorrädern verstand. Es war ein Sprung ins kalte Wasser, wir sollten ohne große Vorkenntnisse gleich an den Maschinen herumschrauben. Der Meister schimpfte: „Er hält schon wieder das Motorrad fest!" Viel mehr machte ich nicht, als meinen Kollegen zuzuschauen. Ich versuchte meinen Rückstand aufzuholen, aber dann kam alles zusammen, der Beziehungsstress, die Medikation, das Ausbildungsdefizit, und meine Ärztin entschied, dass ich wieder in stationäre Behandlung müsste. Ich wehrte mich und wollte noch den nächsten Zug nach Köln nehmen, aber die Polizei fing mich am Hamburger Hauptbahnhof ab. Von da an hatte ich eine Gedächtnislücke, wusste nicht mehr, was auf der Wache vor sich ging und wie ich ins Krankenhaus kam, wachte erst in Ochsenzoll wieder auf und stellte fest, dass ich auf der Geschlossenen gelandet war. Ich hatte gerade noch fünfzig Cent übrig, um Ulrike anzurufen, denn meine Mutter war nicht zu erreichen. Ulrike ihrerseits rief eine weitere Bekannte an, die wiederum Hanna verständigte. Ein Angestellter der Internatsleitung brachte mir eine Tasche voller Wäsche, und mein Betreuer schickte mir mit der Post etwas Geld. Nun saß ich vorerst in Ochsenzoll fest und wusste nicht, wie es weitergehen sollte, denn natürlich büffelten meine Kollegen jeden Tag für die Prüfungen, und ich verpasste viele prüfungsrelevanten Themen. Nur einmal bekam ich

Besuch aus dem Internat, ein Kollege schaute vorbei, ob alles in Ordnung war und beruhigte mich, er hätte die Videofilme, die auf meinem Zimmer lagen, zur Videothek zurückgebracht.

Auf der Station ging es hoch her, vier Prostituierte waren in Behandlung und warfen sich jedem an den Hals, der genug Geld in seinem Portemonnaie hatte. Ein Mitpatient fragte mich, ob ich nicht interessiert sei an den Frauen. Ich verneinte, denn meine Sympathien lagen eher bei einer jungen gutaussehenden Krankenschwester. Leider gab die Oberärztin ihr einen Rüffel, sie solle nicht mit mir flirten. Ich fügte mich in mein Schicksal. Auf der Station gab es wenig Beschäftigung, wenn man von der Ergotherapie absah. Ich kam mit dem Therapeuten ins Gespräch, er erzählte mir, er sei vor Jahren auch in der Sahara gewesen. Ich erzählte ihm von meinen Stimmen und dass sie jedesmal wiederkamen, wenn ich in der U-Bahn fuhr. Er sagte, das sei alles halb so schlimm. Er schaue sich die Leute in der Bahn auch an, das sei ja schließlich nicht verboten. Die Ärztin beschäftigte sich nicht groß mit mir, sie verschrieb mir Tavor und Zyprexa, anfangs half das auch, wiewohl ich mit dem Tavor negative Erfahrungen sammeln sollte. Es war ein Suchtmittel, und wenn man es länger als vier Wochen nahm, war es sehr schwer wieder abzusetzen. Gegen die Angst half es schon, aber ansonsten war ich damit nicht sehr zufrieden.

Dann kam Ostern, und die Ärztin erlaubte mir, für ein Wochenende nach Hause zu fahren. Sie vermerkte das allerdings nicht in meiner Akte, und als ich am Ostersamstag losfahren wollte, sperrten sich die Pfleger. Eine Krankenschwester bekam schließlich meinen Betreuer an die Strippe, und der legte ein Wort für mich ein. Also machte ich mich auf den Weg nach Köln. Die Reise verlief problemlos, bis auf die Tatsache, dass ich wieder Stimmen hörte. Ich sagte mir, dass es unmöglich wäre, während der Fahrt bei geschlossenen Fenstern von draußen etwas zu hören. Es mussten Trugwahrnehmungen sein. Mir war das alles sehr unangenehm, und ich versuchte, die Halluzinationen zu ignorieren.

Nach vierstündiger Fahrt kam ich schließlich in Köln an und besuchte meine Mutter, die froh war, dass es mir schon wieder besser ging. Meine Schwester kam zum Kaffeetrinken vorbei. Mit meiner Wohnung war alles in Ordnung, und so konnte ich guten Gewissens am Ostermontag wieder zurückfahren nach Hamburg. Ich kannte die Strecke mittlerweile im Schlaf, die vier Stunden im Zug machten mir nicht viel aus. In der Straßenbahn dagegen fühlte ich mich überhaupt nicht wohl. Lieber wäre ich mit dem Auto gefahren, aber ich war immer knapp bei Kasse, an einen motorisierten Untersatz war nicht zu denken. Zwar hatte ich mich bei einer Fahrschule in Wandsbek für den Motorradführerschein angemeldet, legte diesen Plan jedoch bald auf Eis, da ich merkte, dass ich mit dem vielen Tavor im Kopf unmöglich Motorrad fahren konnte. Einen Helm und eine Jacke hatte ich mir schon besorgt, sie verstaubten bloß in meinem Schrank, bis ich sie entnervt bei Ebay versteigerte.

Langsam kam ich wieder auf die Beine, durfte zwischendurch nochmal im Internat vorbeischauen, wo alles beim Alten war. Meine Nachbarin ließ mich weiterhin links liegen. Allem Anschein nach war sie schwanger, und das beschäftigte mich bald Tag und Nacht. Am liebsten hätte ich sie sofort geheiratet, aber sie interessierte sich nicht besonders für mich. Es fiel mir sehr schwer, all diese Ideen abzuhaken. In Ochsenzoll gefiel es mir nicht besonders; ich war froh, nach vier Wochen das

Krankenhaus wieder verlassen zu können. Die Reha-Beraterin legte mir nahe, das Semester zu wiederholen, aber der Meister schlug mir vor, ich solle versuchen, den Anschluss zu finden. Ich legte mich schwer ins Zeug. Meine Ärztin versuchte, das Tavor wieder abzusetzen, woraufhin ich in Teufels Küche kam. Zehn Tage lang drückte ich kein Auge zu und plapperte die ganze Nacht dummes Zeug vor mich hin. Wegen der dünnen Hauswände störte ich auch meine Nachbarn beim schlafen. Alle regten sich über mich auf und beschwerten sich bei der Internatsleitung. Auch auf der Straße redete ich vor mich hin, und schaute jemand verwundert, dann zischte ich nur: „Frag noch!" Zwei Wochen lang ging das gut, dann war allen klar, dass ich wieder in stationäre Behandlung musste. Ich schweißte ohne Schutzbrille. Der Meister wurde zusehends nervöser, als er mich dabei beobachtete. Meine Ärztin machte mir klar, ich müsste wieder ins Krankenhaus. Es gelang mir, noch einen Tag herauszuschinden, damit ich meine Angelegenheiten in Ordnung bringen konnte. Als ich wieder auf meinem Zimmer war, überlegte ich mir, dass ich doch eigentlich lieber in Köln in Behandlung gehen würde. Kurzerhand packte ich meine Tasche und setzte mich zum Bahnhof ab. Bei der Fahrkartenausgabe erstand ich ein Ticket, unterschrieb die Quittung und alberte: „Und jetzt noch zehnmal ‚Leaving Las Vegas' hinterher."

Die Schalterbeamtin guckte verwirrt, wollte die Fahrkarte einbehalten. Ich redete mich heraus: „Na ja, ziemlich krakelig, die Unterschrift."

Ich hatte Glück, und sie gab mir das Ticket. Als ich glücklich im Zug saß, griff ich zum Handy und führte endlos viele Telefongespräche. Ich kam glücklich in Köln an, übernachtete noch in meiner Wohnung und stand am nächsten Morgen bei meinem Arzt auf der Matte. Der erklärte mir ohne großes Federlesen, ich müsse in stationäre Behandlung. Er telefonierte mit meinem Betreuer, der mich in der Praxis einsammelte. Wir fuhren nach Chorweiler, ich packte eine Tasche mit der nötigen Wäsche zum Wechseln. Es ging nach Langenfeld. Ich kam auf eine offene Station. Dort waren alle etwas neben der Kappe, so dass ich mit meinem krankhaften Geschwätz nicht weiter auffiel. Einer der Mitpatienten war exhibitionistisch veranlagt, eine dicke Alte lachte den ganzen Tag blöde vor sich hin. Mein Zimmernachbar hatte einen Suizidversuch hinter sich. Seine Frau hatte mit ihm Schluss gemacht, woraufhin er dreißig Schlaftabletten schluckte und anderthalb Flaschen Wodka trank. Trotzdem hatte er überlebt und versuchte jetzt auf der Station, sein inneres Gleichgewicht wiederzufinden. Ich litt wieder unter rassistischen Zwangsgedanken, was meiner Ärztin gar nicht gefiel. Ich wusste selbst nicht, was mit mir los war und ob jetzt endgültig etwas in mir gerissen war. Je mehr ich versuchte, die Gedanken zu unterdrücken, desto mehr kamen sie nach oben. Auch die Geschichte mit meiner Nachbarin in Hamburg beschäftigte mich noch stark, und ich rief öfter bei ihr an. Aber sie nahm den Hörer nicht ab. Ich erklärte dem Assistenzarzt die ganze Geschichte, und er verstand nicht, warum ich in dem Internat nicht schlafen könnte. Das Verliebtsein in meine Nachbarin erschien ihm wohl ziemlich abstrus und inadäquat. Aber in Langenfeld fühlte ich mich immer noch wohler als in Ochsenzoll. Die Krankenschwestern waren Engel. Ich bekam bald Wochenendurlaub und konnte am Samstag morgen ein Lunchpaket mit nach Hause nehmen, damit ich nichts einkaufen musste. Nach vier Wochen hieß es, ich sei schon wieder stabil genug, um entlassen zu werden. Mein

Betreuer holte mich ab und fuhr mich nach Chorweiler zurück. Mein Zimmer in Hamburg war inzwischen zwangsgeräumt worden, meine Siebensachen wurden in Kartons verpackt und es hieß, ich könne zum nächsten Semester wieder zum Unterricht kommen und bekäme dann ein neues Zimmer zugewiesen. Ich verließ mich darauf, dass die Internatsleitung in diesem Punkt korrekt war, doch als ich später meine Sachen wieder einräumte, stellte ich fest, dass einige Schriftstücke fehlten. Es war jedoch nicht weiter schlimm, und ich beschwerte mich nicht groß. Zunächst verbrachte ich den Sommer noch in meiner Wohnung in Köln, schlief jeden Tag bis in die Puppen, schaute die Übertragung der Fußball-Weltmeisterschaft und später die Tour de France und erholte mich einigermaßen von den Strapazen in Ochsenzoll.

Dann gingen die Ferien zu Ende, und mein Arzt schickte mich wieder ins Rennen. Ich fuhr zurück nach Hamburg, richtete mein Zimmer wieder ein. Leider wuchs mir anfangs alles über den Kopf, und ich fehlte die ersten zwei Tage. Ich rief meinen Arzt in Köln an und berichtete ihm das, woraufhin er wütend wurde und schimpfte, ich solle unbedingt zum Unterricht kommen. Ich sprach mit dem Reha-Berater, der ein Auge zudrückte, und erschien mit Verspätung in der Werkstatt. Die Mitschüler kannte ich nur vom Sehen, einer war dabei, der wie ich das Semester wiederholte. Sie waren eigentlich alle ganz freundlich, und ich lebte mich bald in der Werkstatt ein. Mit den beiden neuen Meistern kam ich gut zurecht. Sie hatten verschiedene Übungseinheiten vorbereitet, die auf die Prüfungsinhalte abgestimmt waren. Ich zerlegte Vergaser, baute einen Rasenmäher auseinander, wechselte an einem Motor die Zylinderkopfdichtung und machte ab und an auch einmal ein Fahrrad. Von Motorrädern hatte ich nur wenig Ahnung, aber mit der Zeit lernte ich dazu. Wann immer sich die Gelegenheit ergab, nahm ich das Schweißgerät in Beschlag und zog eine Naht nach der anderen. Einmal hielt ich aus Versehen den Finger in die Flamme und verbrannte mich ziemlich, wonach ich warten musste, bis die Hand verheilt war. Nur mit dem Motortester kam ich partout nicht klar, und der Meister las mir die Leviten: „Das ist unprofessionell, du Held!" Damit meinte er aber auch meinen Kollegen.

Wir hatten auch Blockunterricht in der Berufsschule, wo ich ebenfalls nicht besonders punkten konnte. Der Berufsschullehrer kam jeden Tag aufs Neue an mit irgendwelchen Geräten, die wir auseinanderschrauben mussten und wieder zusammen, von der Trommelbremse über die Motorsäge bis hin zum ABS-Gerät. Ich war froh, als der Blockunterricht vorbei war und ich mit den Kollegen wieder in der Werkstatt herumbosseln durfte. Im theoretischen Unterricht war ich besser, besonders in der Mathematik war ich den Kollegen weit voraus. Wir hatten auch einmal in der Woche Sozialwissenschaften, wo ich abschaltete und nur auf meinem Blatt herummalte. Dies war überhaupt meine Lieblingsbeschäftigung, wenn die Gedanken kamen und es schwer für mich wurde, dem Unterricht zu folgen. Anfangs schauten die Kollegen noch skeptisch, was ich da machte, dann ließen sie mich in Ruhe. Meist waren es irgendwelche Songtexte und Gedichte, die ich zu Papier brachte, das lenkte mich etwas ab.

Mit meiner Nachbarin hatte ich nichts mehr zu tun, ich hatte ja ein neues Zimmer bekommen und sah sie kaum noch, wahrscheinlich war das auch das Beste für mich. Andere Frauen interessierten mich nicht, die Rothaarige, die ich zu Beginn meines Lehrganges kennengelernt hatte,

hatte schon längst ihre Ausbildung abgeschlossen und ließ sich nicht mehr blicken. In meinem Kurs waren nur Typen, und wenn sich schon einmal eine Frau in die Werkstatt verirrte, war sie in der Regel lesbisch. Dann kam der Winter, und ohne Daunenjacke war es draußen kaum auszuhalten. Kurzentschlossen buchte ich über Weihnachten und Sylvester noch einmal einen Flug nach Tunesien. Eigentlich hatte ich schon im Sommer dorthin gewollt, aber der Arzt hatte es mir untersagt, in dem psychotischen Zustand ins Flugzeug zu steigen. Zähneknirschend hatte ich akzeptiert. Jetzt ging es wieder besser, und an einem kalten Dezembermorgen nahm ich die Maschine von Fuhlsbüttel über Paris Charles-de-Gaulle nach Tunis.

Der Flug verlief ohne Komplikationen, und als ich in Tunis aus der Maschine stieg, war ich verblüfft, wie groß der Temperaturunterschied war. Man konnte bequem im T-Shirt draußen herumlaufen. Wieder einmal zog es mich nach Tozeur, ich nahm den Nachtzug von Sousse nach Gafsa, wo ich eine Nacht im Hotel blieb. Am nächsten Morgen nahm ich den Bus nach Tozeur, den ich beinahe verpasst hätte, da ich mich erst mühsam durchfragen musste. Ich blieb eine weitere Nacht im Hotel Aicha, aber da ich genügend Geld übrig hatte, wechselte ich in das l'Oasis mit drei Sternen, wo es mir auch sehr gut gefiel.

Ich versuchte, einen Landcruiser zu organisieren, damit ich eine Tour ins südtunesische Sperrgebiet machen könnte. Aber der Autovermieter war aus mir unerfindlichen Gründen gar nicht so gut auf mich zu sprechen. Beim Office du Tourisme hatte ich auch keinen Erfolg. Der Manager sagte, es würde sich nur lohnen, so eine Tour zu machen, wenn sich mehrere Touristen zusammentäten. So könnte der Autovermieter besser verdienen. Aber es fand sich keiner, der sich für so einen Trip interessierte.

In dem Hotel war auch ein Swimmingpool, aber es war noch zu kalt, um darin zu schwimmen. Ich litt wieder unter Zwangsgedanken und zog mich ganz auf das Hotelzimmer zurück. Die Araber verstanden auch nicht recht, was mit mir los war. Manchmal errieten sie, was ich gerade dachte, und ich schämte mich jedesmal in Grund und Boden. Ich hatte Angst, ich könnte ein Tourette-Syndrom entwickeln. Ich machte mir ernsthafte Sorgen um meinen Geisteszustand, aber es gab keine Medikamente gegen die Logorrhö, das Einzige, was half, war die Psychotherapie. Aber Köln war weit weg, und mein nächster Termin für eine Sitzung lag in weiter Ferne. Ich musste versuchen, so irgendwie klarzukommen. Ich machte mich auf den Rückweg nach Tunis, fuhr mit dem Bus bis nach Metlaoui, wo die Endstation der Eisenbahn war. Ich bat einen Tunesier, mir den Weg zum Bahnhof zu zeigen, und er sagte, der Zug würde erst gegen Abend fahren. Er lud mich ein, bei ihm zu Hause ein Glas Tee zu trinken. Aber ich war völlig geschlaucht und lehnte das Angebot ab. Ich wollte ihn auch nicht beleidigen und schenkte ihm ein paar Musikkassetten, woraufhin er abzog. Nun hatte ich das Pech, den ganzen Tag lang am Bahnhof herumzuhängen. Zweimal kam eine Horde Touristen, die den Lézard Rouge bestiegen, um einen Ausflug in die Seldjaschlucht zu machen. Ich besorgte mir in einem Millionenstore etwas zu essen, schoss ein paar Fotos, wartete darauf, dass die Zeit verging. Schließlich dämmerte es, und der Zug fuhr in den Bahnhof. Ich stieg ein, es war voll, aber ich fand einen Sitzplatz. Der Zug fuhr die ganze Nacht, ich nickte irgendwann ein. Die Tunesier waren alle recht höflich, und auch der Schaffner verhielt sich korrekt.

Selbst in Spanien waren die Einheimischen rüder im Umgang, als ich es hier erlebte. Wie mir später eine Französin erklärte, war der Fremde in Tunesien ein König, man tat alles, damit er sich wohl fühlte. Gastfreundschaft war das oberste Gesetz. Natürlich dürfte man die guten Sitten nicht verletzen, wie es der Koran vorschrieb. Aber dies alles war unendlich kompliziert und überforderte mich manchmal, da ich nur meine Ruhe haben wollte. Die tunesischen Frauen waren auch überraschend attraktiv, aber ich wusste nicht, wie ich mich ihnen gegenüber verhalten sollte. Mehr als einmal dachte ich, die hättest du gerne als Freundin. Aber zunächst musste man sich bei der Familie lieb Kind machen, einer Einladung zum Essen folgen, ein Gastgeschenk machen, seinerseits eine Einladung aussprechen und so weiter. Da war es mir schon lieber, wenn sie dachten, was ist das für ein komischer Kauz, und sie Spekulationen über mich anstellten.

In Tunis stieg ich im Hotel Carlton ab, dort gab es zwar Dusche und Toilette mit auf dem Zimmer, aber im Hotel de France hatte ich mich doch wohler gefühlt. Ich musste erst warten, bis die Putzfrauen das Zimmer in Ordnung gebracht hatten, und bummelte ein bisschen auf der Avenue Bourguiba herum. Dann ging ich auf das Zimmer, schaltete den Fernseher an, hatte aber bald genug von den arabischen Sendungen, die ich nicht verstand. Am Nachmittag machte ich eine Einkaufstour in den Souks von Tunis, aß eine Pizza gegenüber neben dem Café de Paris. Ein paar Straßenecken weiter gab es einen großen Supermarkt, wo ich mich mit alkoholfreiem Bier eindeckte. Ein paar Tage lang gammelte ich noch in dem Hotel herum, dann kam der Tag meines Rückflugs, und der sollte sich als außerordentlich chaotisch erweisen.

Wie üblich kam ich viel zu früh zum Flughafen, aber diesmal hatte ich Glück, dass ich einer der Ersten am Schalter war. Es hieß, in Paris herrsche Glatteis, und das Flugzeug könnte nicht starten. Zusammen mit den anderen Passagieren stand ich mir die Beine in den Bauch. Ich hatte keinen Schimmer, wie ich wieder nach Hause kommen sollte, falls der Flug storniert wurde. Nach drei Stunden dann Entwarnung: Die ersten 50 Passagiere durften ins Flugzeug. Ich stand am Anfang der Schlange und durfte mit an Bord. In Tunis waren die Wetterbedingungen gut, und der Flug verlief ohne Komplikationen. Obwohl in Paris auf der Landebahn Eis und Schnee lagen, brachte der Pilot die Maschine gut herunter. Natürlich hatte der Flug erhebliche Verspätung, und so musste ich noch einmal drei Stunden lang am Schalter von Air France stehen, damit ich einen neuen Anschlussflug nach Hamburg bekam. Ein Bus fuhr zur nahe gelegenen Hotelzone, und ich bezog ein Zimmer für eine Nacht im Hotel Formule 1. Die Hotelkosten wurden von der Fluggesellschaft übernommen. Ich schlief gut, aber es war schon spät in der Nacht, und am anderen Morgen musste ich früh raus. Am Flughafen rief ich als Erstes den Meister in Hamburg an und entschuldigte mich für mein Fehlen. Der lachte sich halb kaputt und sagte, das sei nicht weiter schlimm.

Also fing ich einen Tag später in Hamburg wieder an. Es ging jetzt schon auf die Prüfungen zu, und ich begann den Stoff zu wiederholen. Auf die praktische Prüfung konnte ich mich nur schwer vorbereiten, allein das Schweißen übte ich, wann immer sich eine Gelegenheit bot. Wir hatten noch einmal zwei Wochen Blockunterricht in der Gewerbeschule und durften uns mit der dortigen Ringschweissanlage vertraut machen. Auch in der Werkstatt mussten wir des öfteren ein Werkstück anfertigen, was einen Kommilitonen jedesmal zu der Äußerung veranlasste: „Jetzt geht dir der Arsch auf Grundeis, was?"

In der Tat ging es mir an die Nieren, wenn wir im praktischen Unterricht eine Prüfung machen mussten. Ich ging in der Mittagspause auf mein Zimmer und stand ewig lange unter der Dusche, um ein wenig Kräfte zu sammeln. Irgendwie ging es dann jedoch immer weiter. Ein weiteres Problem war, dass ich durch den Klinikaufenthalt und durch Schwänzerei jede Menge Fehlstunden hatte. Beinahe wäre ich nicht zur Prüfung zugelassen worden, und im Falle des Falles hätte es sogar geschehen können, dass das Arbeitsamt mich verklagt hätte. Ich hatte Glück, dass mein Mathematiklehrer sich für mich einsetzte und einen vierseitigen Brief an die Prüfungskommission schickte. Andere Kollegen hatten weniger Dusel und wurden von der Prüfung ausgeschlossen. Dann kam der Tag der theoretischen Prüfung, die ich ohne Schwierigkeiten bestand, obwohl ich mich unter Wert verkaufte. Wir hatten das Glück, dass den Dozenten vom Berufsförderungswerk die meisten Prüfungsfragen aus den vorhergehenden Jahren bekannt waren und sie uns gezielt darauf vorbereiten konnten. Die praktische Prüfung fand zwei Wochen später statt. Mit Hängen und Würgen bestand ich. Natürlich schnitt ich mich beim Sägen und Feilen und musste ein Pflaster über die Wunde kleben, was mich etwas behinderte, als wir einen Miniaturrahmen zusammenschweißen mussten. Meine Kommilitonen halfen mir ein wenig, und wenn wir uns in der Raucherpause vor der Tür trafen, wurden die letzten Neuigkeiten in punkto Prüfungsaufgaben ausgetauscht. Wir mussten an einem V-Motor die Shims für das Ventilspiel austauschen, die Zündung einstellen, eine Felge einspeichen, die Schaltung an einem Rennrad einstellen, das ganze Programm. Die Aufgaben waren über zwei Tage verteilt. Schließlich hatten wir alle Arbeiten abgeschlossen und warteten etwas bänglich auf die Resultate. Mit einer Vier bestand ich. Drei Mitschüler fielen durch, und einer, der es darauf anlegte durchzufallen, bestand die Prüfung. Er hatte noch ein halbes Jahr länger machen wollen, damit er weiterhin seine Leistungen beziehen konnte.

Wir trafen uns nach der Prüfung mit den Lehrkräften und verabschiedeten uns von allen. Ein Foto wurde gemacht, es gab Sekt zu trinken. Wie jedesmal bei solchen Gelegenheiten hatte ich wieder quälende Gedanken und verdrückte mich bald, nachdem ich allen noch die Hand geschüttelt hatte. Das Zimmer musste aufgelöst werden, ich hatte einen Transporter gemietet, um meine Siebensachen wieder nach Hause zu bringen. Im Laufe der Zeit hatte sich viel Kram auf meinem Zimmer angesammelt, und obwohl jeden Tag die Putzfrau kam, schüttelte der Mitarbeiter von der Internatsleitung den Kopf: „Kommt das von Ihren psychischen Problemen, oder weshalb sieht Ihr Zimmer so aus?"

Ich ließ ihn reden, brachte noch die Handtücher in die Wäschekammer, packte meine Habseligkeiten in Kartons und lud diese in den Mercedes Vito, den ich bei Europcar gemietet hatte. Seit zwei Jahren war ich nicht mehr Auto gefahren, und es wurde ein ziemlicher Stress. Erst verstand ich nicht, wie die Handbremse betätigt wurde, dann schluckte der Kassettenrekorder mein liebstes Band. Die Mitschüler hatten mir erklärt, wie ich zur Autobahn kam, aber leider war die Strecke gesperrt, und ich musste quer durch die halbe Stadt, bis ich auf dem Zubringer landete. Es war viel Verkehr, und mitten auf der Autobahn bei Tempo 120 entwickelte ich komische Ideen. Wie wäre es, dachte ich, bei voller Fahrt das Steuer zu verreißen? Was sollte schon passieren, und warum machte ich es nicht einfach? Ich tippte mir selber gegen die Stirn. „Du bist verrückt, Philippe, hoffnungslos durchgeknallt."

Natürlich hielt ich weiter die Spur und verstieß nicht gegen die Verkehrsregeln, aber es war eine Quälerei, und ich war froh, als ich nach sechs Stunden Fahrt in Köln ankam. Ich fuhr zu meiner Wohnung, lud die Sachen aus, brachte den Transporter zur Autovermietung.

Im Berufsförderungswerk hatten sie uns erklärt, wir bekämen den Gesellenbrief in den nächsten Tagen mit der Post zugestellt. Leider fuhr die Sachbearbeiterin von der Handelskammer in Urlaub, und die Zeugnisse blieben auf ihrem Schreibtisch liegen. Jeden Morgen lauerte ich auf den Postboten und hatte Angst, dass jemand meinen Briefkasten knacken könnte, um das Zeugnis zu stehlen. Schließlich rief ich bei der Handelskammer an und fragte, wo der Gesellenbrief bliebe. Zwei Tage später kam er mit der Post, ein bunter Computerausdruck mit Unterschrift, reichlich unspektakulär. Aber ich hätte die Postbotin am liebsten umarmt, nahm den Brief mit in die Wohnung, scannte ihn ein und schloss ihn dann weg. Dies war einer der schönsten Tage in meinem Leben. Endlich hatte ich einen Facharbeiterbrief und konnte mir in aller Ruhe einen Job suchen. Damit hatte ich der Psychose das erste Mal ein Schnippchen geschlagen.

Zehntes Kapitel

Die Jobsuche gestaltete sich als schwierig. Zunächst versuchte ich es in dem Laden, wo ich Praktikum gemacht hatte. Aber der Chef hatte gerade erst zwei Leute eingestellt und brauchte keinen Mechaniker mehr. Ich klapperte einen Laden nach dem anderen ab, verschickte ein Dutzend Blindbewerbungen. Dann versuchte ich es in einem Laden in Köln-Weiden, aber der Meister machte Urlaub und schloss den Laden, bevor ich etwas mit ihm vereinbaren konnte. Schließlich hatte ich doch noch Glück: In Ehrenfeld eröffnete ein riesiges neues Fahrradgeschäft, und die Regionalverwalter suchten noch Leute. Für einen Vollzeitjob reichte es nicht aus, ich war spät dran und alle Jobs waren schon weg. Die Chefin bot mir einen Teilzeitjob an, und ich sagte sofort zu. Der Umgang mit den Kunden gestaltete sich als schwierig, ich hatte das Know-How, aber mir fehlte das Verhandlungsgeschick. Die Psychose kam jedesmal dazwischen. Ich verkaufte nicht viele Fahrräder, und der Vizechef steckte mich kurzerhand ins Lager, wo ich die Räder aus den Kartons nahm und für den Verkauf vorbereitete. Hier hatte ich meine Ruhe und konnte in meinem eigenen Tempo arbeiten. Ich hatte bei der Vorstellung erwähnt, dass ich in der Vergangenheit psychische Probleme gehabt hätte und erwartete jeden Tag, dass die Chefin mir deshalb kündigte, aber komischerweise behielt ich den Job, während ein Kollege nach dem anderen entlassen wurde.

Ich hätte eigentlich lieber in der Werkstatt gearbeitet, da die Montage der Fahrräder etwas monoton war. Es waren immer die gleichen Handgriffe, und man lernte nicht viel dazu. Ich bewarb mich weiterhin auf jede freie Stelle, aber niemand wollte mich nehmen. Sie merkten immer rasch, dass etwas mit mir nicht stimmte, ob ich das nun offen zugab oder schamhaft verschwieg. Ich hatte mir den Einstieg ins Arbeitsleben einfacher vorgestellt, hatte gedacht, ich würde gleich einen Job finden, um mir als Erstes ein Auto zu kaufen. Andererseits hatte die Halbtagsstelle auch Vorteile, denn die Medikamente machten doch recht müde, und es war schwierig, die Belastung auf einer Vollzeitstelle durchzuhalten. Zudem war ich auch kein Überflieger und arbeitete etwas langsam. Ich meldete mich alle zwei Monate beim Arbeitsamt, und schließlich erklärte mein Sachbearbeiter mir, ich könne zunächst so weitermachen, da es nicht so aussähe, als ob ich einen Vollzeitjob bekäme.

Einmal in der Woche traf ich mich mit Ulrike in Rodenkirchen zum Kaffeetrinken. Sie hatte eine weite Reise zum Baikalsee gemacht und war auf Krücken wiedergekommen, da sie sich am Flughafen das Sitzbein gebrochen hatte. Sie wollte nicht im Krankenhaus bleiben, und solange sie daraufhin angewiesen war, besuchte ich sie regelmäßig und erledigte ihre Einkäufe. Nach ein paar Wochen war der Bruch verheilt, aber wir trafen uns weiterhin. An meinem Geburtstag saßen wir in unserem Schrebergarten, Ulrike, meine Mutter und zwei weitere Bekannte, und es lag etwas in der Luft, niemand ahnte es, aber wir wussten nicht, ob wir noch einmal in so trauter Gesellschaft beisammen sitzen würden. Es begann

160

Bindfäden zu regnen, und wir suchten Schutz unter der Pergola. Ulrike scherzte noch: „Später werden wir sagen, wisst ihr noch damals, an Philippes Geburtstag, als es in Strömen goss?" Vielleicht glaubte sie auch, dass ich es nicht mehr lange machen würde, aber aller Hypochondrie zum Trotz erfreute ich mich bester körperlicher Gesundheit, nur psychisch war ich eben labil.

Mein größtes Hobby war immer noch das kreative Schreiben. Ich versuchte, ein Manuskript drucken zu lassen, aber außer einigen einsamen Surfern im Internet interessierte sich niemand dafür. Trotzdem gab ich nicht auf. Ich konnte es nicht lassen, immer wieder tippte ich Geschichten in den Computer. Ab und an bekam ich etwas Resonanz. Wenn ich erzählte, dass ich irgendwann etwas richtig Gutes schreiben wollte, hieß es manchmal: „Warum bringst du das nicht sofort zu Papier?"

Aber es war eine Quälerei, und ich musste mir jeden Satz mühsam abringen. Die Psychopharmaka machten auch sehr müde, und wenn ich nicht arbeiten musste, lag ich bis in die Puppen im Bett. Ich hatte auch stark zugenommen, was den Chef auf der Arbeit zu der Bemerkung veranlasste: „Wann ist die Entbindung?"

Ich hatte zeitweise einen zweiten Job und speichte den ganzen Tag lang Felgen ein. Aber ich kam mit dem Chef nicht gut klar und konnte den Job bald abhaken. So ging die Zeit vorbei. Domenico war mittlerweile aus dem Knast entlassen worden, und wir trafen uns jedes Wochenende, um Pizza zu bestellen und Videos zu gucken. Das ging natürlich ins Geld, und ich war immer knapp bei Kasse, aber irgendwie kam ich doch über die Runden. Wenn ich einmal schlecht geschlafen hatte und mich ausruhen wollte, ging ich in das Spaßbad um die Ecke, dort war es morgens gähnend leer, man hatte das ganze Bad für sich allein. Ich tat mich schwer damit, eine Freundin zu finden. Obwohl ich des Öfteren Angebote bekam, zog ich jedesmal den Schwanz ein. Irgendetwas kam immer dazwischen. Männerfreundschaften waren doch unkomplizierter, und auf der Arbeit ergab sich auch nichts, die Mädchen an der Kasse waren nicht gut auf mich zu sprechen. Ich flirtete immer ein bisschen und ließ sie dann links liegen.

Und dann kam die Hiobsbotschaft: Ulrike hatte Krebs. Sie hatte Zeit ihres Lebens stark geraucht, war aber erst Mitte Sechzig. Ich besuchte sie im Krankenhaus und bekam dort zu viel. Ich konnte mit ihrer Erkrankung nicht umgehen. Ich hätte ihr gerne geholfen, wusste aber nicht wie. Sie pochte darauf, aus dem Krankenhaus entlassen zu werden, wollte den Rest ihrer Tage in ihrem Haus verbringen. Wenn es gar nicht mehr ging, besuchte ich sie und ging für sie einkaufen und erledigte kleinere Arbeiten. Sie machte eine Chemotherapie, nahm stark ab und war wackelig auf den Beinen. Sie konnte nichts bei sich behalten, das Einzige, was sie zu sich nahm, war gefrorenes Wassereis. Die Haare gingen ihr aus, und sie trug eine Perücke. Ich besuchte sie zunehmend weniger. Ihr Krebs machte mir Angst, und da sie nichts zu verlieren hatte, befürchtete ich, dass unsere Freundschaft in Ärger und Verfremdung umkippen würde. Sie vermachte mir ihre gesammelten Videofilme, die ich meinerseits an eine Bekannte abgab, nachdem ich sie mir angeschaut hatte.

Der Winter kam, und ich musste noch einmal für vier Wochen ins Krankenhaus. Mein Arzt hatte versucht, mich auf Abilify umzustellen, was nicht gelang. Im Winter war es nicht schlimm, wenn ich ein paar Wochen fehlte, da außer dem Weihnachtsgeschäft wenig anfiel. Manchmal gab es einen Heimtrainer zu montieren, was keinen Spaß machte und ewig lange dauerte. In Langenfeld bekam ich Zyprexa verschrieben und war bald wieder auf den Beinen. Die Zwangsgedanken wurden nicht weniger, es war das reine Spießrutenlaufen. Wenn ich meinem Ärger Luft machen wollte, stieß ich auf taube Ohren. „Ach ja, du hörst wieder deine Stimmen", hieß es dann. Auch die Polizei guckte schon merkwürdig, wenn ich mal einer Streife über den Weg lief. „Unser spezieller Freund", scherzte einmal ein Beamtin. Ich verirrte mich auch zweimal auf die Wache, wo mich die Polizistin wegen meiner Ideen beinahe dabehalten hätte. Sie sah umwerfend aus, war aber wie alle Polizisten stur wie ein Pferd mit Scheuklappen. Manchmal glaubte ich, dass meine Wohnung überwacht wurde. Ein Freund riet mir, ich solle mir einen Funkscanner besorgen, um zu überprüfen, ob die Wohnung überwacht wurde. Aber ich hatte keine Lust, mich mit dem Verfassungsschutz anzulegen, der gleich ein paar Ecken weiter war. Ich litt auch unter panischer Angst, man könne mir die Wohnung kündigen, oder ich würde meinen Job verlieren. Es waren immer wieder die gleichen quälenden Gedanken.

Meine Mutter war froh, dass ich nun einen Betreuer hatte, der sich um mich kümmerte und mich in das Krankenhaus fahren konnte, wenn es einmal wieder so weit war. In der Landesklinik Langenfeld fühlte ich mich eigentlich ganz wohl. Es war gut zu wissen, dass es immer noch einen Platz gab, an den ich mich zurückziehen konnte, wenn ich es in meiner Wohnung nicht mehr länger aushielt. Ansonsten tat ich alles, um nicht unangenehm aufzufallen. Ein Freund meinte, ich hätte einen Verfolgungswahn, was meinen Mietvertrag anging. Dauernd wechselte ich das Schloss meiner Wohnungstür. Nachts hatte ich immer Angst, jemand könnte hereinkommen und mich betäuben. Also gewöhnte ich es mir an, eine Flasche vor die Tür zu stellen, damit ich eine

163

bessere Kontrolle über meine vier Wände hatte. Später besorgte ich mir ein Radio mit Bewegungsmelder. Immer wenn das Gerät eine Bewegung registrierte, begann das Radio laut zu spielen, so dass ich rechtzeitig aufwachte, wenn ich ungebetenen Besuch bekam.

Manchmal luden mich Bekannte auch ein, ein Wochenende in ihrem Ferienhaus in der Eifel zu verbringen. Dort war es ruhig und ungestört, und ich konnte mich von meinen zwanghaften Ideen erholen. Ich saß den ganzen Tag in der Ferienwohnung, trank Kaffee, brütete über meinem Manuskript. Ab und zu ging ich vor die Tür, um eine Zigarette zu rauchen. So ließ es sich leben. Natürlich war ich immer knapp bei Kasse, und die Zigaretten wurden teurer und teurer. Zu allem Überfluss meinten einige meiner Bekannten, sie könnten noch Geld bei mir schnorren. „Du hast ja deinen Dispokredit", meinten sie nur, wenn ich sagte, ich wäre pleite. Am Schlimmsten trieb es ein Bosnier, der vom Krieg eine Borderline-Störung zurückbehalten hatte. Er hatte dauernd Ärger mit dem Arbeitsamt, zahlte seine Miete nicht, stand immer wieder mit einem Bein auf der Straße. Er pumpte jeden an, der ihm über den Weg lief. Ansonsten hielt er nur Ausschau nach Schwarzarbeit und weigerte sich, etwas für seine berufliche Fortbildung zu tun. Im Krieg war er Kampftaucher gewesen, aber mittlerweile war er schon zu alt, um als Taucher zu arbeiten. Ich wollte ihm auch ein wenig helfen und renovierte mit ihm zusammen meine Wohnung. Aber im Grunde war ich froh, als er einsah, dass bei mir nichts mehr zu holen war und mich in Ruhe ließ.

Ich hatte ein wenig Geld zusammengespart und konnte im Sommer 2006 einen Flug nach Tunis buchen. In Deutschland bereitete sich jeder auf die Fußball-Weltmeisterschaft vor. Mir wurde der Rummel zu viel, und ich verdrückte mich rechtzeitig. Die Fernsehübertragung konnte man sich auch in den tunesischen Hotels angucken, wenn die Tunesier gute Laune hatten und einen nicht aus dem Fernsehraum verscheuchten. Ich hatte damit angefangen, an der Volkshochschule Arabisch zu lernen, und ein paar Brocken verstand ich schon. Aber im Grunde reichte es nur, um zu bluffen, so dass die Tunesier meinte, ich hätte alles verstanden, was ihre Schimpfkanonaden anging.

Ich blieb einige Tage in Sousse und wollte dort eigentlich in Ruhe meinen Geburtstag feiern. Aber dann kam ein tragisches Ereignis dazwischen. Ich wusste nicht genau, was sich eines Nachts abgespielt hatte. Anscheinend war ein deutscher Tourist auf dem Balkon des Hotels herumgeklettert und in die Tiefe gestürzt. Ein Gast hatte ihn dabei beobachtet und es hieß, es sei ein Fall von Selbstmord. Mir waren nur einige Gerüchte zu Ohren gekommen und ich machte mir einen Reim darauf. Die tunesische Polizei verhörte mich nicht, aber die Polizisten guckten sehr kritisch, wenn ich ihnen über den Weg lief. Mir wurde es zu stressig in Sousse, und ich nahm die Schnellbahn nach Mahdia. Dort hatte ich meine Ruhe, konnte jeden Tag im Meer schwimmen gehen. Das Wasser war recht warm. Kleine gelbe Fische tummelten sich in dem Element. Jeden Morgen zog ein Fischerboot seine Kreise. Ich konnte in der Morgendämmerung sehen, wie die Fischer ihre Netze auswarfen.

Einmal gesellte sich eine französische Studentin zu mir, als ich auf der Dachterrasse saß und den Fischern zuschaute. Sie sagte, sie studiere Islamwissenschaft an der Sorbonne und erzählte ein wenig von ihren Reisen. Sie war mit einem Marokkaner unterwegs und sprach ganz passabel Arabisch. Sie hatte schon den ganzen Orient bereist und

165

guckte erstaunt, als ich erzählte, dies sei seit drei Jahren mein erster Urlaub. „Warum fährst du nicht nach Syrien und belegst einen Arabischkurs an der Universität von Damaskus?"

Damit hatte sie mir einen Floh ins Ohr gesetzt. Als Frau hatte sie es doppelt schwer im Nahen Osten, aber sie ließ sich nicht davon entmutigen. Eine Freundin von ihr war in Teheran verhaftet worden, als sie Aktzeichnungen anfertigte. Offiziell sei dort das Satellitenfernsehen verboten, aber niemand schere sich darum, und überall sah man nur Satellitenschüsseln. Ich erzählte ihr von dem Manuskript, an dem ich arbeitete, und sie gab mir ein paar Tipps. Wir quatschten drei Stunden lang, bis es dämmerte und sie nach unten ging zum Frühstücken.

Ansonsten hatte ich wenig Gesellschaft, was dazu führte, dass ich endlos viel telefonierte. Die Handyrechnung hatte sich gewaschen, und so wurde es doch kein ganz preiswerter Urlaub. Mein Manuskript hatte ich schließlich fertig gestellt, und die Fußball-Weltmeisterschaft fand auch ein Ende. Mir wurde alles zu viel, der Unfall in Sousse, die wenigen Kontakte, die fremde Umgebung, und ich wollte nur noch nach Hause fahren. Ich nahm den ersten Zug zurück nach Tunis und stieg wieder im Hotel de France ab. Christiane, mit der ich des Öfteren telefonierte, schlug mir vor, mir doch noch das malerische Dorf Sidi Bou Said anzusehen. Ich machte das auch, aber überall sah ich nur Polizeipräsenz, und ich verdrückte mich nach dem Ausflug wieder auf mein Hotelzimmer, ohne dass ich viel von dem Dorf zu Gesicht bekommen hätte. Ich knallte mir die Birne zu mit Zyprexa und kam dann doch gesund und munter zu Hause an. Am Flughafen von Düsseldorf kontrollierte mich kein Mensch. Das war mir ganz lieb so, denn ich hatte eine Stange

Zigaretten mehr eingepackt, als eigentlich erlaubt war. Ich träumte auf dem Flug ein bisschen herum, malte mir aus, wie es wohl wäre, als alter Mann nach Tunesien überzusiedeln, dort war ja schließlich alles viel billiger.

In dem Fahrradgeschäft konnte ich gleich wieder anfangen, der Vizechef war ganz neidisch auf meinen vierwöchigen Urlaub mitten in der Saison und meinte, er könne sich so etwas nicht erlauben. Das Geschäft liefe sehr schlecht dafür, dass es gerade Sommer sei, allen Marketingaktionen zum Trotz. Aber das war nicht meine Sorge, und obwohl ich mir natürlich Mühe gab, schaute ich weiterhin nach einer Vollzeitstelle aus. Ich bewarb mich zigmal, aber meistens merkten es die Ladeninhaber spätestens beim ersten Vorstellungsgespräch, dass mit mir etwas nicht stimmte, ob ich nun zugab, dass ich psychische Probleme hätte oder nicht. Dazu kam, dass ich nicht gerade der Überflieger war, was meine Fähigkeiten als Zweiradmechaniker anbelangte, und mit Rollern und Motorrädern stand ich seit jeher auf Kriegsfuß. Ich hätte gerne endlich den Motorradführerschein gemacht, aber ich war völlig pleite. So backte ich ganz kleine Brötchen und war schon froh, wenn ich mal ein paar Euro übrig hatte, um mir ein neues Teil für mein Fahrrad zu kaufen. Mein altes Mountainbike war mir gestohlen worden, und ich wechselte auf ein Crossrad mit Nexus Acht-Gang-Nabenschaltung. Im Sommer fuhr ich immer viel mit dem Rad in die Stadt, aber im Winter war es mir meist zu kalt, auch das Jogging hatte ich eingestellt und hatte es mir zur Gewohnheit gemacht, erst dann laufen zu gehen, wenn ich einen Urlaub in Sicht hatte, damit ich körperlich fit war und auf der Reise nicht krank wurde.

Mein Psychiater ging in Rente und machte seine Praxis dicht. Ich konsultierte einen Neurologen, aber ich kam mit dem neuen Arzt nicht recht klar. Er versuchte ein weiteres Mal, mich auf Seroquel umzustellen, und wieder ging der Versuch daneben. Ich musste noch einmal ins Krankenhaus, und da mein Betreuer gerade keine Zeit hatte, musste ich mich selber darum kümmern. Ich hatte erst einige Bedenken, ob alles korrekt verlaufen würde, aber dann bekam ich einen Platz auf Station 7 in Langenfeld. Dort empfing mich ein junger Stationsarzt, der mich nach meiner Vorgeschichte fragte. Als ich alles erzählt hatte, fragte er mich, ob ich bereit wäre, Leponex zu nehmen. Dieses Medikament käme immer dann zum Einsatz, wenn alles andere nicht funktionieren würde. Allerdings müsste man anfangs jede Woche zur Blutuntersuchung, da das Mittel Veränderungen im Blutbild verursachen könne. Ich willigte ein und unterschrieb. Anfangs fühlte ich mich ganz wohl auf der Station, aber ich konnte nicht gut schlafen, da die Ängste wieder kamen. Ich musste morgens zur Beschäftigungstherapie und zum Sport, später machte ich vormittags kognitives Training am Computer. Es war sehr kalt draußen, aber im Grunde kam es mir gelegen, denn im Winter konnte meine Chefin gut auf mich verzichten, weil es kaum etwas zu tun gab. An den Wochenenden durfte ich nach Hause, was jedesmal eine Erleichterung war, nur die lange Fahrt störte mich sehr.

Auf Station war eine junge Krankenschwester namens Judith. Ich wusste nicht viel über sie, aber sie war mir sympathisch, und es tat gut, ab und zu mit ihr ein Schwätzchen zu halten. Ich gab ihr ein Manuskript von mir zu lesen, das ihr gut gefiel. Sie meinte, sie würde auch selber manchmal etwas schreiben, sich aber nicht trauen, es zu veröffentlichen. Das Jahr ging dem Ende entgegen, und ich kam auf die blödsinnige Idee, einen HIV-Test zu machen. Dabei war mein Sexleben wirklich lausig, aber ich wollte es genau wissen. Der Arzt zapfte mir zweimal Blut ab, und er machte so ein merkwürdiges Gesicht dabei. „Ihr Test ist positiv", erklärte er mir zwei Tage später.

Ich war am Boden. Die Psychose machte mir schon schwer genug zu schaffen, aber jetzt noch HIV dazu, das war zuviel. Ich erzählte meiner Mutter und meinem alten Arzt davon. Er glaubte, ich würde herumspinnen, machte sich dann aber kundig und meinte, ich solle mich an die Ambulanz der Uni-Klinik Köln wenden. Meine Mutter versuchte mir etwas Mut zu machen und meinte: „Dann gehen wir eben zusammen in eine andere Welt".

Die Krankenschwester Judith brachte dann die Wahrheit ans Licht. Das Labor hatte herumgepfuscht. Der Antikörpertest hatte falsch angeschlagen, was auf eine früher durchgemachte Salmonellose oder andere Infektionen zurückzuführen war. Die Mitarbeiter des zuständigen Labors machten noch einen Western-Blot-Test, der negativ ausfiel. Auch ergäben sich keine Hinweise für eine Infektion des HIV-2 Typs. Ich machte extra einen Termin beim Gesundheitsamt und ließ mir noch einmal alles erklären, und der diensthabende Arzt erklärte mir, die Lage sei sonnenklar, ich hätte keine HIV-Infektion, es sei nicht nötig, noch eine weitere Blutuntersuchung zu machen. Es war ein Wechselbad der Gefühle, aber nun war ich über den Berg, und das gute alte Leben hatte mich zurück. „Frohes Neues Jahr, Herr Becker", grüßte mich Schwester Judith.

Zwei Wochen später wurde ich entlassen und konnte meinen Job in dem Fahrradladen wieder antreten. Die Umstellung auf Leponex war gelungen, und wenngleich das Medikament einige störende Nebenwirkungen hatte, war ich im Großen und Ganzen damit zufrieden. Ich konsultierte eine neue Ärztin, die jedoch bald ihre Stelle aufgab, um eine Fortbildung zu machen. Mein Betreuer meldete mich zur Behandlung bei der Ambulanz der Tagesklinik von Merheim an, so dass ich ärztlich weiterhin gut angebunden war. Einmal im Monat musste ich zur Blutuntersuchung und zu einem kurzen Gespräch dort vorstellig werden. Mir ist völlig klar, dass dies noch nicht das Ende meines Leidensweges sein kann. Sicher werde ich irgendwann wieder eine Psychose bekommen, und vielleicht muss ich Zeit meines Lebens die Medikamente nehmen. Aber ich habe Strategien entwickelt, wie ich mit der Krankheit umgehen kann. Die Psychose ist nicht länger wie ein Damoklesschwert, das über mir schwebt. Für mich ist klar, dass ich mir immer eine Auszeit nehmen kann, wenn ich die Tücken des Alltags nicht mehr bewältigen kann, und wenn ich auch einige schlechte Erfahrungen gemacht habe, ist die Psychiatrie im Grunde genommen ein sicherer Hafen, in dem man neue Kraft schöpfen kann.

Es mag sein, dass ich nicht belastbar genug bin, um ein geregeltes Leben – mit Vollzeitstelle und ohne Stempelgeld – führen zu können. Ich kann auch verstehen, dass manche Leute aus meinem Bekanntenkreis sich darüber ärgern, wie ich in den Tag hinein lebe. Aber ich habe mir all diese Komplikationen nicht ausgesucht und bin der Meinung, dass man einen Vorteil nutzen muss, wenn er sich anbietet. Die Zeiten der Leprastationen und Narrenschiffe ist lange vorbei. Psychisch Kranke werden in unserem Jahrhundert nicht mehr aussortiert oder zur Zwangsarbeit gezwungen. Wenngleich ich manchmal seufzend wünsche, ich wäre erst ein Jahrhundert später geboren worden, wenn es endlich bessere Medikamente gegen die Schizophrenie geben würde, muss ich meinen behandelnden Ärzten Achtung zollen, denn sie taten stets alles, um mich wieder gesund zu machen.

So habe ich eine Art ökologische Nische gefunden, in der ich ein angenehmes Leben führen kann, obwohl es manche Dinge gibt, die ich wohl nie wieder ins Auge fassen kann. Ich wäre froh, wenn es mir gelingen würde, ab und zu noch einmal einen Trip nach Nordafrika zu organisieren. Andere Wünsche liegen in weiter Ferne. Wahrscheinlich ist der Zug abgefahren, um noch einmal ein Studium anzufangen, aber vielleicht werde ich es trotzdem schaffen, mir die Grundkenntnisse des Hocharabischen anzueignen. In dem viersemestrigen Volkshochschulkurs habe ich die eine oder andere Vokabel gelernt, aber ich komme mit dem Dozenten nicht klar und bin froh, dass das vierte Semester nun vorüber ist. Die Sprache ist zu komplex, um sie autodidaktisch zu erlernen. Ich denke darüber nach, mich als Gasthörer an der Uni einzuschreiben; das letzte Wort ist hier noch nicht gesprochen.

Wichtiger ist es wahrscheinlich, so denke ich, eine neue Freundin zu finden. Ich kann froh sein, wenn ich trotz meiner Plauze und der Tatsache, dass ich auf die Vierzig zugehe, immer noch das eine oder andere Angebot bekomme. Aber es ist wie verhext, ich verstehe alles falsch, trete dauernd ins Fettnäpfchen, verderbe die wohlmeinendsten Offerten, und die Uhr tickt ständig weiter. Mir ist klar, dass ich keine großen Chancen mehr an der Börse der Damen haben werde, wenn ich erst einmal über vierzig bin. Sicher habe ich meinen Spaß gehabt bei all den Feten aus meiner Studentenzeit und kann nicht behaupten, dass ich nie einen draufgemacht hätte. Auch kenne ich viele Leute aus meinem Bekanntenkreis, die mit vierzig noch Vater geworden sind und daraufhin eine Familie gründeten. Manchmal frage ich mich, ob Schizophrenie wohl vererbbar ist. In diesem Punkt gehen die Meinungen weit auseinander. Was habe ich jedoch schon zu bieten – ständig knapp bei Kasse, pädagogisch eine Niete – es stellt sich die Frage, ob das wohl der richtige Weg für mich ist.

Beruflich komme ich jedenfalls nicht weiter. Vielleicht war es zu kurz gedacht, die Umschulung als Zweiradmechaniker in Angriff genommen zu haben. Es ist ein reiner Saisonjob – im Sommer gibt es viel zu tun, im Winter kann man froh sein, wenn man seine Stelle behält. Viel verdienen kann man hier nicht, und manchmal wünsche ich, ich hätte statt dessen Informatik gelernt. Gerne würde ich auch eine Weiterbildung zum Kraftfahrzeugmechaniker beginnen, aber ich fühle mich schon zu alt, um mich noch um eine Ausbildungsstelle zu bewerben. Außerdem bin ich gesundheitsmäßig nicht fit genug für so ein Vorhaben, und die Psychopharmaka machen sehr müde, so dass man viel Zeit versäumt, weil man jeden Tag ewig pennt. Die Kollegen auf der Arbeit sehen das anders: „Du häss et joot", heißt es immer wieder, wenn ich mal schrauben komme, und wenn ich mir eine Kippe anzünde, meinen sie, „dat koss ein Jeld". Ein anderer bemerkte einmal, der soziale Abstieg könnte sehr schnell gehen, und ehe man sich versähe, sei man auf der Straße gelandet. Nun wusste er auch nichts von meiner Irrfahrt durch Südeuropa, eben das habe ich hinter mir, und ich weiß genau, dass mein Glück zerbrechlich ist. Daher habe ich auch all die Ängste, ich könne meine Wohnung verlieren oder bekäme den Job gekündigt. Ein Bekannter meinte dazu, ich hätte einen Verfolgungswahn. Sicher ist es einfacher, an anderen Kritik zu üben, als vor der eigenen Tür zu kehren. Zu meiner Verteidigung muss ich bemerken, dass ich der Einzige aus meinem Bekanntenkreis bin, der trotz Psychose eine Ausbildung abgeschlossen und zumindest einen Teilzeitjob gefunden hat. Das ist immer noch tausendmal besser, als für einen Apfel und ein Ei in einer Behindertenwerkstatt Tüten zu falten.

Was bleibt, ist mein alter Traum vom Offroadurlaub. Ich bin froh, dass ich es überhaupt schaffe, dann und wann in Nordafrika aufzukreuzen, und sei es auch mit einem schäbigen Rucksack und ohne viel Geld in der Tasche. Aber Saharatourismus – das ist eher etwas für Leute mit dickem Geldbeutel und schickem Auto vor der Tür. Dazu muss man auch sagen, dass dieser Spaß, ökologisch gesehen, eine Schande ist, zumal die meisten Geländewagen nur europäische Asphaltstraßen befahren. Aber was soll man machen, wenn man es sich in den Kopf gesetzt hat, die eine oder andere Piste kennenzulernen – mit öffentlichen Verkehrsmitteln kommt man hier kaum weiter. „Traumjob – Globetrotter" hatte ich in unserer Abiturzeitung angegeben, und nachdem ich halb Europa mit dem Fahrrad bereist habe, sehe ich nur die eine Möglichkeit, die Fühler weiter auszustrecken – mit dem eigenen Fahrzeug nach Nordafrika. Nun ist dies schon für psychisch robuste Menschen ein schwieriges Unterfangen, aber ich kann es nicht lassen, unternehme immer wieder den Versuch, noch ein wenig weiter vorzudringen. Im Grunde steht hinter all dem Aufwand nur der eine Wunsch: Endlich einmal ganz alleine zu sein, ohne irgendeinen Menschen im Umkreis von Dutzenden Kilometern, auf sich selbst gestellt, um einige Tage lang die totale Stille zu finden. Ich hatte es mir einfacher vorgestellt, diesen Wunsch zu verwirklichen, und was ich als Erstes lernte, war die Warnung eines Freundes: „Das ist gefährlich, Philippe!"

Sicher gibt es lauschigere Plätze auf der Erde als die Sahara, doch irgendetwas zieht mich magisch dorthin. Mag es die Faszination der arabischen Mentalität und Denkweise sein, die Erinnerung an Jascho und seine letzten Aufzeichnungen oder einfach nur die Schönheit der Landschaft – ich kann mir kein wichtigeres Ziel in meinem Leben vorstellen, als die grenzenlose Wüste nach und nach zu erkunden. Dabei bin ich mir der Gefahr bewusst, dass mich irgendein fanatischer Gotteskrieger einfach über den Haufen knallen könnte, vielleicht weil ich das Ritual der Gastfreundschaft breche. Umgekehrt muss man sagen, dass die marokkanischen Gaststudenten, von denen ich einige kennenlernte, sich genauso schwer damit tun, in Deutschland Fuß zu fassen. Es ist nicht nur eine Frage der Sprache und der Religion – hier prallen ganz einfach Welten aufeinander. Ich möchte auch bemerken, dass ich nirgendwo so freundlich und zuvorkommend behandelt worden bin wie in Tunesien, dagegen ist es wirklich beschämend, welche Steine den Moslems in unserem Land in den Weg gelegt werden. Zudem machte ich die Erfahrung, dass in Tunesien kein Wort so ungern gehört wird wie „Al Kaida". Obschon ich zweimal in Algerien war und mir zu meinem Glück niemand ein Haar krümmte, bin ich mir sicher, dass dies nicht die letzten Versuche sein werden, dieses schöne – vom Bürgerkrieg gebeutelte – Land kennenzulernen.

Daher möchte ich diesen Bericht, der sich mit den Höhen und Tiefen der letzten zwanzig Jahre meines Lebens auseinandersetzt, nicht beenden mit einem Gefühl der Verbitterung, sondern mit einem Traum, der mir in den letzten Tagen durch den Kopf ging. Ich träumte, ich sei auf dem Weg nach Nordafrika. Flötenmusik untermalte meine Wanderung auf einem endlos geflochtenen blauen Band bis zum Horizont, der in gleißendes Licht getaucht war. „Den besten Studienabschluss schaffte Christiane", sagte eine Stimme, „die beste Musik machte – nicht Philippe Becker."

Ende